Luka Goldwasser

Haar in der Sippe

Luka Goldwasser

Haar in der Sippe

Ein turbulenter Familienroman

PIPER

Mehr über unsere Autoren und Bücher:
www.piper.de

ISBN 978-3-492-50170-5

Redaktion: Birgit Förster
Covergestaltung: Favoritbüro, München
Covermotiv: Bilder unter Lizenzierung von Shutterstock.com genutzt
Printed in Germany

Kapitel 1

Heute steht mein Aszendent besonders günstig, nämlich auf Glücksschwein. Schon seit zwei Stunden trage ich dieses Honigkuchenpferdgrinsen durch New York, sodass man fast denken könnte, ich käme vom Facelifting. Der Pförtner zu meinem Apartmentblock öffnet mir die Tür und ist offenkundig überrascht, mich an diesem Augustabend ausnahmsweise vor Mitternacht zu begrüßen.

»Was? So früh, Mr Heitmann? Hat man Sie etwa gefeuert?« Er schleppt seine Pfunde zum Fahrstuhl, um die Anforderung für den 34. Stock zu drücken.

»Nein, Sir«, grinse ich aus hochgetackerten Mundwinkeln. »Ganz im Gegenteil.«

Die Fahrstuhltüren öffnen sich, ich steige ein und schon rauscht die Kabine aufwärts, synchron zu meiner Laune.

Heute lief alles wie am Schnürchen: Den ärgsten Kollegen ausgestochen – Check. Den Milliarden-Deal eingefädelt – Doppelcheck. Die Beförderung klargemacht – Megacheck. So etwas muss gefeiert werden, nur leider ist mein bester Kumpel ausgerechnet diese Woche auf Dienstreise. Und mit den anderen Kollegen anzustoßen kommt nicht infrage, denn keiner der raffgierigen Mischpoke gönnt mir meinen Erfolg. Diese Erfahrung habe ich in den letzten fünf Jahren etliche Male gemacht, seitdem ich für die Firma arbeite. Es ist nämlich piepegal, wie nett du bist oder ob du montags einen Kuchen ins Büro mitbringst, das Einzige, was hier zählt, sind Abschlüsse und dafür musst du mit Stahlkappen an den Ellenbogen durch die Sitzungen pflügen. Fusionen und feindliche Übernahmen, das ist mein Spezialgebiet. Ich kaufe marode

Unternehmen auf, baue sie um und werfe das Ganze anschließend den Spekulanten zum Fraß vor. Klingt nicht gerade sympathisch, ich weiß. Selbst Zuhälter oder Leichenbestatter haben einen besseren Ruf als unsere Zunft. Aber es gibt einfach keinen besseren Job, um schnell aufzusteigen und großes Geld zu verdienen. Und genau das will ich, bis in zwei Jahren das 35. Lebensjahr an die Tür klopft. Dann, so habe ich mir vorgenommen, werde ich diesen Mörder-Job kündigen und mich mit Frau und Kindern ins Eigenheim zurückziehen. Alles, was mir zur Erfüllung dieses Traumes noch fehlt, sind Frau, Kind und Eigenheim. Alternativ geht es mit einer handfesten Midlife-Crisis einfach auf eine beliebige Karibik-Insel.

Ich stecke den Schlüssel ins Schloss, öffne die Wohnungstür und rieche sogleich den leicht zitronigen Putzmittel-Geruch, ein untrügliches Zeichen, dass meine Haushälterin heute hier war. Sie kommt jetzt dreimal die Woche, denn für mich gibt es nichts Schöneres, als eine blitzblanke, ach, was sag ich: aseptische Wohnung.

Noch im Hausflur streife ich die handgefertigten Lederschuhe von den Füßen und krame im Flurschrank nach meinen Kermit-der-Frosch-Kuschelpantoffeln, die ich immer vor der Haushälterin verstecke. Es wäre mir zu peinlich, wenn sie diese monströsen Treter sehen würde, mein Standing als mondäner Geschäftsmann wäre sofort dahin. Doch erst wenn meine Füße in den kuscheligen Kermit-Köpfen stecken, fühle ich mich wirklich zu Hause.

Ich kann mich im Übrigen nicht erinnern, wann ich das letzte Mal so entspannt auf meiner Couch saß wie jetzt. Ohne Arbeitsdruck, ohne Terminhetze, einfach nur so. Ich beobachte, wie die feuerrote Abendsonne ihre Strahlen über die Skyline in mein Apartment wirft und die ganze Einrichtung in warmes Licht taucht. Das ändert natürlich nichts daran, dass meine Wohnung immer noch den Charme einer Zahnarztpraxis versprüht, es fehlen nur noch die Wimmelbilder unter der Decke. Aber genau diese Sterilität, diese unaufgeregte Kühle hilft mir, in meinen eigenen vier Wänden vollkommen abzuschalten. Kein Nippes, keine Pflanzen, keine Fotos, keine vollgestopften Bücherwände, sondern nur ein paar gut platzierte Designermöbel, etwas Kunst an den Wänden, das war's. Dieses Loft ist eben etwas Besonderes, und zumindest heute fühle ich mich auch besonders: Besonders erfolgreich, besonders glücklich – aber auch besonders Single. Meine letzte Beziehung, die diesen Namen überhaupt verdient, liegt nämlich schon fünf Jahre zurück. Das war noch zu Studienzeiten in Deutschland, wo ich mich am Ende zwischen Geld und Liebe entscheiden musste und schließlich der Karriere in New York den Vorzug gab. Tja, man kann im Leben eben nicht alles haben und schon gar nicht gleichzeitig.

Dafür stelle ich heute mit großer Genugtuung fest, dass meine Endorphine wieder aus ihrem Dornröschenschlaf erwacht sind; die standen bei mir nämlich lange Zeit auf der Liste der ausgestorbenen Hormonarten. Und dieses warme Rundum-glücklich-Gefühl im Körper, das kann meinetwegen für immer bleiben. Endlich zufrieden. So, wie ein Baby, dem man den Po föhnt.

Plötzlich klingelt das Telefon. Mit einem Ruck schrecke ich hoch und spüre, dass meine Entspannung zerplatzt wie eine Immobilienblase. Denn das, was da klingelt, ist nicht mein Handy, auf dem ich rund um die Uhr für meinen Chef erreichbar bin, sondern das Festnetztelefon, dessen Nummer nur eine Person besitzt: meine Mutter. Aber normalerweise ruft Esther nicht um diese Uhrzeit an, denn in Deutschland ist es gerade mitten in der Nacht. Doch in Anbetracht der Tatsache, dass ich eine aberwitzige Esoterik-Liebhaberin zur Mutter habe, die mit allerlei Shanti Shanti und Kristallpendeln ihre Alltagsneurosen repariert, ist ein nächtlicher Anruf nun auch nicht völlig ungewöhnlich. Jedes Mal, wenn ich den Hörer abnehme, schwappen mir die hanebüchensten Geschichten entgegen. Zum Beispiel, als sie in unserem Garten beim Verbrennen von Heilkräutern auch gleich den kompletten Geräteschuppen mit abgefackelt hat. Oder als ein Wunderheiler ihr mit Glöckchen und Bimmeln das Darmchakra – was immer das auch ist – sanierte, und sie danach tagelang unter Verstopfung litt.

Das Telefon klingelt noch immer. Soll ich wirklich rangehen oder einfach so tun, als sei ich nicht da? Meinem Zögern kommt der Anrufbeantworter zuvor und lässt meine nüchterne Ansage ertönen. Nichts ist mir verhasster als witzige Mailbox-Sprüche oder Familienansagen à la »Hallo, hier ist der Anschluss von (Männerstimme) Holger … (Frauenstimme) Sabine und (kicher kicher, Kinderstimme:) Annn-tooooon.«

Nach dem Piep des Anrufbeantworters höre ich ein Räuspern am anderen Ende der Leitung.

»Philip, geh mal ran. Ich muss mit dir sprechen. Hier ist Esther.«

Ich frage mich ernsthaft, woher meine Mutter das Talent hat, immer in genau den Momenten anzurufen, in denen ich definitiv nicht mit ihr sprechen will.

»Philiiiiiiiiiip, hier ist deine Mutter. Geh bitte sofort ans Telefon, es geht um Leben und Tod.«

Ja, ja, die Masche kenne ich schon. Bei meiner Mutter geht es immer um Leben und Tod oder um noch viel ernstere Sachen.

»Ich habe schlechte Nachrichten. Ganz schlechte …«

Hm, ist ihr wöchentlicher Termin beim Heilpraktiker ausgefallen?

»Vielleicht muss ich bald sterben, Philip. Ja, du hast richtig gehört. Sterben.«

Tja, das müssen wir alle, denn das Leben ist leider mit Verfallsdatum geliefert worden. Ich bin gespannt, woran sie diesmal wieder stirbt.

»Keiner weiß, wie viel Zeit ich noch habe und du lässt mich hier auf deinem verdammten Anrufbeantworter versauern. Philip? Philiiiiiiiiiip!«

Es hilft alles nichts. Wenn ich jetzt nicht mit ihr spreche, wird sie im Fünfzehn-Minuten-Takt durchklingeln und jedes Mal nervtötende Nachrichten hinterlassen, bis entweder der Anrufbeantworter durchdreht oder ich. So trabe ich zum Telefon und nehme den Hörer ab.

»Hi Mama.«

»Du bist ja doch da! Wieso dauert das denn bei dir immer so lange? Musstest du dir erst Mut antrinken, um mit deiner kranken Mutter zu sprechen oder was?«

Für das nächste Mal wäre das in der Tat ein bedenkenswerter Vorschlag.

»Entschuldige, ich habe mir gerade noch einen Tee geholt«, lüge ich.

»Einen Tee geholt … aha! Wo denn, in Sri Lanka?«

»Ach, Mama, komm. Gibt's was Wichtiges?«

»Ja, es gibt etwas Wichtiges. Ich bin schlimm krank.«

»Interessant. Sonst noch was Neues? Du hast dich ja ewig nicht mehr gemeldet.«

»Hörst du mir überhaupt zu? Ich bin gerade dem Tod von der Schippe gesprungen und du fragst, ob es was Neues gibt? Außerdem, warum soll ich mich auch melden, wenn du sowieso nie ans Telefon gehst, geschweige denn mal zurückrufst. Meinen Geburtstag hast du übrigens auch wieder vergessen, wie jedes Jahr.«

»Tut mir leid, Mama. Happy Birthday nachträglich.«

»Wie liebevoll. Aber mein Geburtstag war vor fünf Monaten!«

Mein wohliges Körpergefühl von soeben ist mittlerweile komplett futsch, stattdessen testet mein Bauch erste originelle Krampfformationen. Ich klemme das Telefon zwischen Schulter und Ohr und durchforste auf der Suche nach Magentabletten einige Schubladen im Wohnzimmerschrank.

»Philip, hör mir zu, es ist wirklich etwas Schreckliches passiert …«

Ich krame ungerührt weiter. »Bist du aus deiner Hippie-Tanzgruppe geflogen?«

»Nein, natürlich nicht.«

»Hm, dann hast du wieder irgendwelche Energie-Staus oder interstellare Druckbeschwerden?«

»Vorsicht, mein Lieber, ganz dünnes Eis. Redet man so mit seiner todkranken Mutter?«

»Todkrank? Mama, übertreib mal nicht.«

»Aber ich habe was Ernstes! So richtig mit Schulmedizin.«

»Schnupfen?«

»Philip, ich liege im Krankenhaus.«

Jeder Eins-a-Sohn würde jetzt schwer besorgt nachfragen, was denn vorgefallen sei, aber ich kann die Geschichten von verklebten Faszien oder verrutschten Meridianen einfach nicht mehr hören. Zum Glück habe ich die Packung mit den Magentabletten gefunden und versuche eine davon lässig in den Mund zu werfen. Sie landet neben mir auf dem Boden.

»Du bist im Krankenhaus? Ach, wirklich?« Ich hebe die Pastille auf, werfe sie erneut in die Luft und diesmal fange ich mit dem Mund.

»Ich ... ich hatte einen Herzinfarkt«, sagt Esther.

»Aha, einen Herzinfarkt. Interessant. Und wie ist das passiert?« Ich klinge genauso leidenschaftlich wie ein Mitarbeiter in der Fußgängerzone, der Fragen für eine Marktforschung abliest. Aber ich bin mir zu 100 % sicher, dass meine Mutter mit ihrer Diagnose mal wieder gnadenlos übertreibt.

»Ach, das ist alles eine lange Geschichte.«

»Okay, Mama, die kannst du mir ja dann einfach ein anderes Mal erzählen, einverstanden? Jetzt ist nämlich gerade schlecht.« Zugegeben, dieser Gesprächsausstieg ist alles andere als charmant, aber so erspare ich mir zumindest für heute ihre Krankengeschichte, wovon sowieso wieder nur die Hälfte stimmt.

»Sag mal, spinnst du? Ich sagte: Ich hatte einen HERZINFARKT!«

»Und wenn du so weiterbrüllst, kriegst du auch gleich deinen zweiten ...«

»Eine Frechheit! Dir müsste man glatt eine runterhauen ...«

»Hast du nicht bloß wieder ein bisschen Muskelkater von deinem Rumgetanze?«

»Glaube mir, ich kann sehr wohl Muskelkater von einem Herzinfarkt unterscheiden. Die Diagnose ist unzweifelhaft.« Mit eindringlicher Stimme fährt sie fort: »Mir geht es alles andere als gut. Ich weiß nicht, ob mein Herz noch lange durchmacht. Vielleicht ist es bald mit mir vorbei ...«

»Mama, jetzt hör mal mit dieser Apokalypse auf. Herzinfarkte sind heutzutage nichts Besonderes mehr. Das hat doch mittlerweile jeder Zweite.«

»In deiner Bank vielleicht! Aber bei mir sagen die Ärzte, dass mein Gesundheitszustand wirklich bedrohlich sei. Ich darf nicht aufstehen, bekomme Infusionen, stehe Tag und Nacht unter ärztlicher Kontrolle. Kurze Zeit lag ich sogar auf der Intensivstation.«

Okay, das klingt in der Tat ernster, als ich gedacht habe. Das nervige Piepen im Hintergrund ist dann sicherlich keine Hypnose-CD, sondern ein EKG-Gerät oder so was Ähnliches. »Das tut mir leid, wirklich. Aber so sterbenskrank hörst du dich gar nicht an.«

»Bin ich aber …!«

»Dann bist du doch im Krankenhaus in den besten Händen. Mehr kann ich jetzt auch nicht für dich tun.«

»Doch, kannst du! Deswegen rufe ich auch an.«

Ich halte kurz inne. Was soll ich denn bitte schön aus der Ferne für meine kranke Mutter tun? Aber nach kurzem Grübeln fällt bei mir der Groschen … oder der Euro oder der Cent oder wie das Sprichwort jetzt neuerdings heißt.

»Ach so, kein Problem. Wie viel Kohle brauchst du?«

Erbost schallt es aus dem Hörer zurück: »Dein Geld kannst du behalten. Ich wünsche mir …«, sie stockt kurz, »… ich wünsche mir, dass du vorbeikommst. Dass du mich hier besuchst, im Krankenhaus.«

Prompt verschlucke ich mich an der Kautablette und muss entsetzlich husten. Ich laufe in die Küche, stürze mit großen Schlucken ein Glas Wasser hinunter und spüre, wie meine Speiseröhre die Pastille unangenehm in Richtung Magen krampft.

»Dich besuchen? Mama, das geht nicht. Ich stehe gerade vor dem wichtigsten Schritt meiner Karriere. Ich kann hier nicht weg.« Langsam finde ich zu meiner normalen Atmung zurück.

»Bitte, mein Junge, das würde mir guttun. Die Ärzte sagen, ich sei nach dem Infarkt in einer sehr kritischen Phase. Und bevor ich für immer die Augen zumache, möchte ich dich noch einmal sehen.«

»Mama, so schnell stirbt es sich nicht. Können dir nicht die Leute aus der Tanzgruppe einen Besuch abstatten?«

»Philip, es gibt Momente, da zählt nur die Familie.«

»Dann soll eben Jule vorbeikommen und Hallo sagen.«

»Es geht hier nicht ums Hallo sagen. Ihr könnt bald alle Tschüss sagen, wenn sich mein Gesundheitszustand nicht bessert.«

Auf meiner Stirn bilden sich kleine Schweißperlen. Dazu sticht mein Bauch, als hätte ich einen Hornissenschwarm im Magen.

»Ich verstehe. Aber Jule muss sich doch nur zwei Stunden in den Zug setzen und dann ist sie bei dir.«

»Jule ist mit ihrem Entwicklungsprojekt in Myanmar. Die ist nicht zu erreichen«

»Na, die Mayonnaisen werden doch da irgendwo Internet oder Telefon haben.«

»Die Einwohner heißen nicht Mayonnaise, sondern Myanmare!«, faucht es aus der Leitung. »Und im Dschungel gibt es kein Telefon!«

»Jule ist im Dschungel?« Das wird ja immer besser. Keine Marathonverhandlung mit obstinaten Kunden kann mich derart erschöpfen wie ein zehnminütiges Telefonat mit meiner Mutter. Dass Jule im Dschungel eines Entwicklungslandes sitzt, ist mir völlig neu, aber ich habe es längst aufgegeben, mich über meine Schwester zu wundern.

»Dann ruf doch Jules Entwicklungsfirma an. Die können doch sicher sagen, wo sie ist.«

»Das habe ich schon, aber die wissen es nicht. Außerdem hat Jule schon so viel Gutes für mich getan, das kannst du bis zum Rest deines Lebens nicht mehr aufholen.«

Ich stöhne genervt auf. Wieder diese Jule-ist-die-Beste-Leier.

»Und jetzt hat deine Mutter einen Herzinfarkt und bittet dich, nach Hause zu kommen, und du hast nichts Besseres zu tun, als dich mit mir zu streiten.«

»Ich streite mich doch gar nicht. Ich versuche nur, Alternativen zu finden. Was ist denn mit Achim?«

»Dein Vater?!? Das ist doch wohl nicht dein Ernst! Falls du

es vergessen haben solltest, dein lieber Erzeuger hat sich vor deiner Geburt ins Ausland abgesetzt und bis heute nicht einen Cent Unterhalt gezahlt. Der Dreckskerl soll bleiben, wo der Pfeffer wächst.«

»Ist ja gut, Mama. War nur so eine Idee. Aber wieso kann ich dir nicht einfach Geld überweisen? Dann nimmst du dir ein schickeres Zimmer, die besten Ärzte und meinetwegen auch einen veganen Menü-Lieferservice. Was hältst du davon? Und das mit dem Herzinfarkt, das wird schon wieder …« Ich versuche ein Lächeln, in der Hoffnung, dass meine Freundlichkeit auch am anderen Ende der Leitung ankommt.

»Sag mal, hast du sie noch alle?«, fragt Esther und ich bin fast ein bisschen beleidigt, dass meine Vorschläge so gar nicht zünden. »Ich brauche dein verdammtes Geld nicht, ich brauche dich. Meinen Sohn.«

»Ich kann hier nicht weg, Mama. Ein Milliarden-Projekt hängt an mir, meine Kollegen, meine Chefs, alle bauen auf mich. Die kann ich doch nicht einfach im Stich lassen. Außerdem kann ich meine Beförderung vergessen, wenn der Deal nicht zustande kommt.«

Stille. Habe ich sie mit meiner Aussicht auf den Chefposten nun endlich überzeugt?

Doch mit einem Mal vernehme ich ein leises Wimmern am anderen Ende der Leitung.

»Das darf man echt keinem erzählen«, klagt Esther und zieht lautstark eine Portion Schnodder hoch. »Die Mutter hat einen Herzinfarkt, liegt im Krankenhaus, jeden Moment kann es zu Ende gehen und der eigene Sohn schert sich nur um seine Karriere.«

Sie rupft hörbar ein Kleenex aus der Schachtel und schnaubt ins Taschentuch. »Du weißt gar nicht, wie sehr du mich enttäuschst, Philip. Ich habe dir nichts mehr zu sagen.«

Sie will auflegen, doch im letzten Moment rufe ich laut ins Telefon: »Mama! Halt! Nein! So war das doch alles gar nicht gemeint …« Ich höre kein Klicken, zum Glück, sie muss also noch am Telefon sein.

Zwar ist mir absolut bewusst, dass ich gerade Geisel mütterlicher Erpressung bin, aber trotzdem bleibt mir nichts anderes übrig, als klein beizugeben. Die eigene Mutter weinen zu hören, ist so ziemlich das Härteste, was es gibt. Und es stimmt ja, dass die Tage nach einem Infarkt besonders kritisch sind, weil hohe Gefahr besteht, einen weiteren zu erleiden. Das hat mir erst neulich ein Kollege erzählt. Die Ernsthaftigkeit der Lage lässt sich also ausnahmsweise mal nicht abstreiten. Falls ich meine Mutter tatsächlich das nächste Mal auf ihrer Beerdigung wiedersehen sollte, würde ich mir das niemals verzeihen.

Also, kurz überlegen, welche Termine diese Woche noch anstehen. Heute ist Montag. Erst nächste Woche Donnerstag findet die entscheidende Vertragsunterzeichnung statt, die ich unter keinen Umständen verpassen darf. Das heißt also, wenn ich diese Woche zur Vorbereitung nutze und ein paar Aufgaben an meine Kollegen delegiere, könnte ich am Samstag zu einem verlängerten Wochenende nach Deutschland aufbrechen. Müsste hinhauen, alles nur eine Frage der Organisation. Also dann:

»Mama, ich komme.«

Kapitel 2

»Ladys and Germany (ups, hehe, kicher, kicher), I mean: Ladys and Gentlemen, we have started our descent and will be landing shortly at … Dusseldo… äh, no (raschel, raschel) … Hamburg Airport. Please return to your (Pause) … seats and switch off all electronic … (seeeeeehr lange Pause) … devices until we reached our final parking position (Plopp).«

Diese Stewardess sollte man zurück in ihre Bugs-Bunny-Hasenschule schicken und sie erst wieder rauslassen, wenn sie den Text flüssig ablesen kann. In ähnlich legasthenischer Weise hatte sie schon beim Abflug in New York die Sicherheitsinstruktionen durchgegeben und ich frage mich ernsthaft, warum bislang noch keine Airline die Marktlücke entdeckt hat, ausdrücklich keine Durchsagen während des Fluges zu machen. Zudem ist es mir beim heutigen Stand der Technik vollkommen schleierhaft, weshalb diese Auskünfte immer klingen müssen wie Beatboxing. Harte Popplaute wie bei »Parking Position« werden nämlich nicht ins Mikrofon gesprochen, sondern gespuckt. Was bin ich froh, dass die Stewardess keine Sätze durchsagen muss wie »Pjotr packt pausenlos prima Picknickpakete, die polnische Pollenputzer beim Putzen polnischer Pollen auf polnische Pollenputzart verputzen.« Da würden uns sonst die Ohren wegfliegen.

Esther war nicht gerade begeistert, als ich ihr mitteilte, dass ich erst heute, am Sonntag, bei ihr im Krankenhaus vorbeikomme, aber sie fügte sich schließlich meinen Plänen. Selbst mein Chef zeigte sich überraschend einsichtig und ließ mich unter der Prämisse ziehen, spätestens Mittwoch zur Vorbesprechung wieder im Büro zurück zu sein. Okay, zugegeben, ich habe etwas übertrieben und ihm erzählt, dass meine Mutter nach mehrfachem Herzinfarkt auf der Intensivstation mit dem Leben ringt. Das gibt zwar Abzüge auf dem Paradiespunktekonto, aber so konnte ich zumindest, ohne Karrierenachteile zu befürchten, den Flug nach Deutschland antreten.

Ich schäle mich aus dem bequemen Businessclass-Sitz und schlüpfe in die Anzugjacke, die mir die Stewardess freundlicherweise reicht.

»Hallo, Deutschland«, sage ich zu mir selbst, als sich die Türen der Maschine öffnen und ich in der warmen Mittagssonne die Treppen der Gangway hinuntersteige. Noch vor allen anderen passiere ich im Flughafengebäude die Passkontrolle, nehme mein Gepäck in Empfang und sitze schon wenig später in einem schicken Mietwagen Richtung Heimat. Was für eine Wohltat, auf der Autobahn mal wieder richtig Gas geben zu dürfen. Wenn man einige Jahre gelangweilt auf Amerikas trostlosen Highways rumgegurkt ist, sehnt man sich geradezu nach diesem herrlichen Verkehrschaos.

Die Fahrt nach Hause fühlt sich an wie ein Heimspiel, nach einer Saison voller Auswärtspartien. Nachdem ich die Autobahn verlassen habe und die letzten Kilometer auf der Landstraße zurücklege, rauschen kleine Städte und Dörfer an mir vorbei, die man wie alte Bekannte auf einer Familienparty wiedertrifft und sagen hört: Ach, Junge. Du bist aber groß geworden. Weißt du noch, wie du bei mir auf der Kirmes kiloweise Zuckerwatte, Würstchen und gebrannte Mandeln aus dem fahrenden Kettenkarussell erbrochen hast? Oder das nächste Dörfchen, das mich in die Pausbäckchen kneift und an den Baggersee erinnert, in dem ich nur deshalb schwimmen lernte, weil ich die Berührung mit dem matschigen Untergrund so eklig fand. So lange sind die Ereignisse eigentlich noch gar nicht her und trotzdem habe ich das Gefühl, die Jahre sind wie im Zeitraffer vorbeigeflogen. Jetzt geht es auf einmal nicht mehr um Ferienlager, Führerschein oder Zeugnisse, sondern um den wichtigsten Karriereschritt in meinem

Leben. Und das, obwohl Esther zuvor nichts unversucht gelassen hat, um meine berufliche Laufbahn mit allen Mitteln zu torpedieren. Egal ob Banklehre, BWL-Studium oder Investmentbanking, nichts davon passte ihr ins Konzept. Sie hatte nämlich für mich so Erfolg versprechende Berufe wie Kräuterpädagoge, Energieheiler oder Tierkommunikator vorgesehen.

»Alles, aber doch nicht Bänker!«, empörte sie sich damals. Aus ihrer Sicht sind Bänker ausnahmslos Betrüger und Halsabschneider, die auf Kosten der Kleinanleger dicke Gewinne einfahren und diese dann in den städtischen Lustbetrieben verjuxen. Dass ihr eigener Sohn in einer Bank arbeiten wollte, war für sie ähnlich nachvollziehbar wie eine lebenslange Verpflichtung bei der Bundeswehr.

»Geld verdirbt den Charakter«, betonte sie immer. »Guck dir deinen Vater an, der ist von heute auf morgen mit unseren gesamten Ersparnissen durchgebrannt.« Mein Vater hat sich tatsächlich am Tag von Jules zweitem Geburtstag aus dem Staub gemacht, zu der Zeit, als Esther bereits mit mir schwanger war. Wobei ich bezweifle, dass er uns aus reiner Geldgier verlassen hat, vermutlich ist ihm der ganze Familientrubel einfach über den Kopf gewachsen. Zwar blieb meiner Mutter das abbezahlte Haus und auch einiges an Wertgegenständen, aber der große Wohlstand war mit einem Schlag vorbei. Als nervliches Wrack fiel sie dann auch gleich dem erstbesten Esoterik-Guru in die Arme, was im Übrigen auch der Grund dafür ist, dass ich nicht wie jedes normale Kind in einem Krankenhaus zur Welt kam, sondern im Wald. Als Waldgeburt. Esther hat mir später einmal beim Abendbrot die Details dazu mit Plazenta und Nabelschnur anhand von Fotos illustriert und ich wusste nicht, was ich zuerst tun sollte: mich übergeben oder sie wegen ihres unverantwortlichen Verhaltens anzeigen.

»Na, wir sind ja auch ohne Achim und ohne sein blödes Geld wunderbar über die Runden gekommen«, behauptet Esther immer wieder.

Wunderbar über die Runden gekommen hieß in meinem Fall, dass ich nie die Dinge haben durfte, die ich mir wünschte. Keinen

Gameboy, keine Masters of the Universe, dafür Kastanienmännchen und Blumenpresse. Keine Bravo-Starschnitte, dafür Apotheken-Poster mit Delfin. Und als alle anderen Klassenkameraden längst ihr Taschengeld in so tolle Dinge wie Zigaretten und Kondome investierten, habe ich noch an die verschrobensten Haushalte in der Gemeinde auf Rollschuhen die »Esoterik für dich« ausgetragen.

Ich setze den Blinker und fahre auf den Parkplatz des Kreiskrankenhauses. Viertel vor drei. Das passt perfekt. Für drei Uhr habe ich mich bei Esther angekündigt und sie weiß, dass ich in Sachen Pünktlichkeit verlässlich bin wie der Kniesehnenreflex. Ich prüfe im Rückspiegel den Sitz meines Hemdkragens und stelle fest, dass ich im Anzug vollkommen overdressed für einen sonntäglichen Krankenhausbesuch bin. Aber egal, lieber ein bisschen schicker aussehen, als den Eindruck erwecken, man habe sich modetechnisch einmal durch die Altkleidersammlung gewühlt.

Ich steige aus, lasse die Tür ins Schloss schnappen und folge den Schildern zum Besuchereingang. Mit einem Mal wird mir doch etwas mulmig, weil ich keinen blassen Schimmer habe, was mich sogleich am Krankenbett meiner Mutter erwartet. Allerhand Schläuche, piepsende Geräte und Ärzte mit besorgter Miene? Werde ich Esther überhaupt wiedererkennen?

Einige Patienten sitzen in Bademänteln vor dem Eingang und unterhalten sich mit Kippe in der Linken und Tropf an der Rechten. Von Trübseligkeit ist rein gar nichts zu spüren, eher im Gegenteil: Es herrscht eine Stimmung wie im Fußballstadion. Es würde mich nicht wundern, wenn einer sogleich die Bierchen austeilt und den Grill anschürt. In der Mitte der Herrschaften sitzt eine Frau, deren alarmfarbene Kleidung Fashion-Vorbild für meine Mutter sein könnte oder zumindest für die skurrilen Wettermoderatoren im deutschen Fernsehen. Doch plötzlich schießt eben jene Person raketenartig aus der Menge empor und ruft: »Philip, huhu! Hier bin ich!«

Der stürmisch winkende Paradiesvogel stolpert über Beine und

Infusionsständer und kommt in leicht gebückter Haltung freudig auf mich zu.

»Überraschung!«, johlt sie vergnügt und fällt mir um den Hals.

»Hi! Mama …«, stammele ich verwundert und winde mich in ihrer Umarmung. »Ich dachte, du liegst sterbenskrank im Bett …«

»Spontanheilung, Mäuschen. Und das alles nur dank meines selbst gefilterten Rosenquarzwassers.«

Esther sieht aus wie ein Funkenmariechen auf LSD: Bunter, wabernder Batikrock, neongelbe Bluse, um den Kopf einen zur Wurst aufgedrehten Seidenschal. Sie trägt groteske Schminkversuche im Gesicht, als ob sich eine Elfjährige das erste Mal durch Muttis Beautycase wühlen durfte. Also, alles wie immer.

»Wie Spontanheilung?«, vorsichtig löse ich ihren Klammergriff. »Du hattest doch einen Herzinfarkt, oder etwa nicht?«

»Doch, doch! Na ja, so was Ähnliches! Broken-Heart-Syndrom nennen die Ärzte das hier.« Sie rückt ihr Stirnband auf dem hennagefärbten Haar zurecht und grinst stolz über ihre gelungene Überraschung. »Jetzt bist du baff, was?«, lacht sie, um sich sogleich mit einem »Au« und einem schmerzverzerrten Gesicht an mir festzuhalten.

»Alles okay, Mama?«, frage ich besorgt und halte ihren dünnen Körper.

»Ach, alles halb so schlimm, mein Junge. Das ist sofort wieder weg. War nur die Aufregung.«

Esther hakt sich bei mir unter und wir steuern langsam zurück zur Sitzbank. »Wie heißt deine Krankheit noch mal? Broken-Heart-Syndrom?«

»Ja, das ist eine Tako-Tsubo-Kardiomyopathie.«

»Tako was?«

»Eine Funktionsstörung des Herzens, die sich aber glücklicherweise nach wenigen Tagen wieder normalisiert hat. Und jetzt bin ich fast wieder die Alte«, grient sie heiter.

»Moment mal, Mama, du hast mir doch am Telefon erzählt, dass du kurz vorm Exitus stehst. Und jetzt, knapp eine Woche später, ist alles wieder okay? Da stimmt doch was nicht …«

»Schätzchen, als wir telefoniert haben, war ich in der Akutphase mit lebensbedrohlichen Komplikationen. Da dachte ich wirklich, dass es jeden Moment vorbei ist.«

»Und wieso war mir schon am Telefon klar, dass du nichts Ernstes hast?«

»Ich hatte was Ernstes«, entrüstet sie sich und löst erbost den Arm aus meiner Beuge. »Weiß du, wie beschissen es mir ging? Was für Schmerzen ich hatte?«

Sie verabschiedet sich von ihren Bekannten auf der Holzbank, nimmt ihren Koffer und sagt: »So, wir können!«

»Wie? Wir können?«

»Na, ich bin heute entlassen worden, wir fahren jetzt nach Hause.«

»Du bist entlassen worden? An einem Sonntag?«

»Was denkst du denn, warum ich hier auf dich gewartet habe? Ich hatte heute Vormittag meine letzte Visite und die Ärzte sagten, dass ich zur häuslichen Genesung entlassen sei.«

Ich erhebe drohend meinen Zeigefinger, deute zum Eingang und kommandiere im Befehlston: »Mama, du gehst da jetzt sofort wieder rein, legst dich ins Bett und kurierst das vernünftig aus. Du hast doch gerade selbst gesehen, dass du noch nicht hundertprozentig fit bist.«

Aber Esther bleibt völlig ungerührt und lächelt spitz. »Mäuschen, was an der Botschaft »Ich bin aus dem Krankenhaus zur weiteren häuslichen Genesung entlassen« hast du jetzt nicht verstanden?«

Mir fehlen die Worte, ich atme einmal tief ein. »Warum werde ich das Gefühl nicht los, dass an deiner Geschichte irgendetwas faul ist? Dass du mich nur unter einem Vorwand hergelockt hast?«

»Geh doch rein und sprich mit den Ärzten, wenn du mir nicht glaubst …«

»Weißt du was? Das werde ich jetzt auch tun.« Ohne auf ihre Reaktion zu warten, stürme ich in Richtung Eingang und höre nur noch ein kehliges »Zweiter Stock, B4« hinter mir. Ich haste durch das Treppenhaus, stoße die Glastür zur Station auf und gehe schnurstracks auf das Schwesternzimmer zu. Wie ein unter Hochdruck ermittelnder Kriminalkommissar halte ich dem erstbesten Pfleger ungestüm meinen Personalausweis unter die Nase und bitte um Auskunft über den Krankheitsverlauf meiner Mutter. Obwohl sich der Pfleger eigentlich nicht zur entlassenen Patientin äußern darf, muss in meinem Gesicht offenbar die pure Verzweiflung stehen und so macht er freundlicherweise eine Ausnahme. Ernüchtert stelle ich wenige Minuten später fest, dass Esther in der Tat die Wahrheit gesagt hat. Ihre Herzerkrankung, deren Symptome einem Infarkt glichen, bestätigt der junge Mann ebenso wie ihre vorzeitige Entlassung.

»Verwöhnen Sie ihre Mutter ein wenig und sorgen Sie dafür, dass sie sich nicht aufregt«, das sind die Worte, mit denen der Pfleger mich wieder verabschiedet.

Unten vor der Tür steht Esther und grinst wie ein Breitmaulfrosch. »Na, habe ich dir was Falsches erzählt?«

Weil ich nicht weiß, wohin mit meiner aufgestauten Wut, schnappe ich mir kurzerhand ihren Koffer und marschiere schnellen Schrittes zum Parkplatz.

»Was bist du denn jetzt für eine Miesmuschel?«, ruft sie mir aus einigen Metern Entfernung hinterher. »Freust du dich denn gar nicht, dass es mir wieder besser geht?«

Ich versuche meinen Zorn bestmöglich in Schach zu halten, drehe mich energisch zu ihr um und erwidere bissig: »Ich bin jetzt Tausende von Kilometern gereist, nur um meine angeblich todkranke Mutter quietschfidel aus ihrem Wellness-Paradies abzuholen. Kannst du da vielleicht ein klitzekleines bisschen nachvollziehen, weshalb ich verärgert bin?«

»Wellness-Paradies? Ich war auf der Intensivstation, mein Lieber.«

»Weißt du, was bei mir gerade im Job los ist und dass ich so kurz …«, den Abstand zeige ich mit Daumen und Zeigefinger, »… vor meiner Beförderung stehe? Warum hast du mir nicht erzählt, dass es dir wieder besser geht und du früher entlassen wirst? Dann hätte ich mir diesen verdammten Trip hierher nämlich sparen können.«

»Mir geht es besser. Fein! Aber ich bin noch lange nicht gesund. Ich muss die nächsten Wochen noch kiloweise Betablocker und Beruhigungszeugs schlucken«, giftet Esther zurück.

»Na und? Das machst du doch sonst auch.«

»Normalerweise nehme ich Globuli, das ist etwas vollkommen anderes.«

»Weißt du was? Ich fühle mich von dir total verarscht und habe keine Ahnung, wie krank du wirklich bist. Aber das ist mir mittlerweile auch egal. Ich kümmere mich um deine ärztliche Versorgung, einen Pflegedienst und dann haue ich Dienstag wieder ab. So!«

»Siehst du, Philip, und genau deshalb habe ich dir auch nichts von meiner Besserung erzählt. Weil du dann gar nicht erst gekommen wärst und weil es dich einen feuchten Kehricht interessiert, wie es deiner Mutter geht. Wann hätte ich dich sonst das nächste Mal gesehen? Im Himmel?« Ihre Stimme klingt wie ein nasser Finger auf einem Luftballon.

»Blödsinn. Wenn es eben besser gepasst hätte.«

»Aha, wenn es dem Herrn besser passt. Also nie!«

Mit einem Tastendruck auf den Autoschlüssel lasse ich den Kofferraum aufspringen und verstaue ihr unhandliches Gepäckstück.

»Was ist denn das für eine hässliche Protzschleuder?«, fragt Esther, während sie kritisch den Mietwagen umrundet. Normalerweise würde ich ihr für diesen Kommentar Paroli bieten, aber ich bin noch viel zu sauer, um ein passendes Wort herauszubringen.

»Die S-Bahn vom Flughafen fährt genau bis vor unsere Haustür. Aber nein, der Herr verpestet lieber aus Bequemlichkeit die Umwelt.«

»Und wie wärst du jetzt ohne Auto vom Krankenhaus nach Hause gekommen? Auf deinem Hexenbesen?«

»Ist ja schon gut … Machen wir mal eine Ausnahme. Ist das wenigstens ein E-Mobil?«, fragt sie und klopft mit den Handknochen wie eine Investigativ-Journalistin prüfend auf das Autoblech.

»Nein, ein Benziner. Die Karre schluckt ein halbes Ölfeld und dabei sterben hundert seltene Tierarten ... Kannst du jetzt bitte einfach einsteigen?«

Mit der Schnelligkeit einer Wanderdüne bequemt sich Esther schließlich auf den Beifahrersitz, schließt die Autotür und klemmt dabei prompt ihren Batikrock ein. Anstatt nun wie jeder normale Mensch einfach die Tür wieder zu öffnen, um den Rock herauszulösen, zerrt sie unnachgiebig an dem Stoff, bis dieser schließlich mit einem lauten »Riiiiitsch« einreißt.

»Och, nein. Das gute Stück. Der war noch wie neu!«

Kopfschüttelnd steuere ich den Wagen vom Parkplatz.

»Wie neu? Als ich vierzehn war, hast du mich schon in dem Ding von der Schule abgeholt, mit einer Schulterpolster-Bluse und deinem lila Turban auf dem Kopf.«

»Na und? Solche Klamotten waren damals total hip.«

»Im Karnevalsverein vielleicht.«

»Quatsch, bei uns in der Sexualberatung sind alle so rumgelaufen.«

Meine Mutter arbeitete nämlich bis zur ihrer Rente als Beraterin für sexuelle Aufklärung im Gesundheitsamt. Das habe ich vor meinen Freunden natürlich immer verheimlicht und bei erbittertem Drängen von Klassenkameraden, den Beruf meiner Mutter zu nennen, sie wahlweise als Pilotin, Ärztin oder Rechtsanwältin ausgegeben. Aber eines Tages verkündete unser Klassenlehrer, dass wir einen Ausflug zum Gesundheitsamt machen, wo uns die Mama von Philip alles rund um das Thema Sexualität und Verhütung erklären wird. Ich war blamiert bis auf die Knochen. Meine Mutter hatte diesen Termin ohne mein Wissen vereinbart, weil aus ihrer Sicht in der Schule nicht vernünftig über Sex aufgeklärt würde. Erst Jahre später habe ich dann den wahren Grund ihres eigenmächtigen Vorstoßes erfahren, nämlich dass Esther seinerzeit auf meinen Klassenlehrer scharf war und sie auf diese Weise mit ihm Bande knüpfen wollte. Ich sehe meine Mutter noch genau vor mir, wie sie den Lehrer mit neckischem Blick fixierte, Wörter wie Glied und Scheide in den Mund nahm und zu Demonstrationszwecken Kondome über einen Holzpenis rollte. Um diesen Horrortrip nachträglich zu verarbeiten, gründete ich eine schulinterne Selbsthilfegruppe, die sich an ähnliche Leidensgenossen richtete. Immerhin habe ich so zwei meiner besten Freunde kennengelernt.

»Nur schon mal als Warnung«, durchfährt Esther meine Gedanken. »Zu Hause ist jetzt alles ein bisschen anders. Nicht, dass du dich wunderst.«

Ich nicke, ohne zu wissen, was gemeint ist. Vermutlich hat sie ein Bachblütenfeld in unseren Garten gepflanzt, die Wände mit Dreamcatchern tapeziert oder wieder brütende Papageienpärchen in den Bücherregalen sitzen. Ich frage nicht nach und lasse mich überraschen. Mir ist aber jetzt schon klar, dass mir zwei chaotische Tage bevorstehen.

Kapitel 3

Ich biege in die Lindenallee ein und halte vor dem hellen, frei stehenden Haus mit der Nummer 4. Zu meiner Überraschung ist unsere Hütte kaum wiederzuerkennen, die ganze Hausfassade erstrahlt in neuem Glanz, die Balkone sind renoviert, neue Verbundsteine wurden auf dem Weg zur Haustür verlegt, selbst die Garage mit dem wieder errichteten Geräteschuppen blitzt wie neu. Nur das ganze Blumenzeugs im Vorgarten gleicht unverändert einer wilden Wiese. Ich behaupte auch nach wie vor, dass mein Heuschnupfen von diesem schon immerwährenden Wildwuchs herrührt, eine These, die Esther vehement bestreitet, denn in ihren Augen kann Natur nie schaden, nur heilen.

»Da hast du aber einiges an Arbeit ins Haus gesteckt«, sage ich anerkennend und stelle den Motor aus.

»Ja, das ist unsere Villa Sonnenschein. Der Dachboden ist jetzt auch endlich komplett ausgebaut. Musst du dir gleich mal angucken.«

Kein Wunder, dass meine Mutter nach der Renovierung des Hauses erst mal einen Herzinfarkt bekommen hat, denn die Bauarbeiten dürften strapaziös gewesen sein.

»Hast du das alles ganz allein gemacht?«, frage ich.

»Nein, natürlich nicht. Ich hatte ganz tolle Helferlein, die mich unterstützt haben. Die lernst du auch alle kennen, denn sie wohnen …«

Mitten im Satz bricht sie plötzlich ab, ihr Gesicht verfinstert sich und die fröhliche Li-La-Launebär-Stimmung löst sich in Luft auf.

»Na, guck sich das mal einer an!«, sagt Esther und zeigt grimmig auf einige abgeschnittene Zweige, die vor der Haustür des Nachbarn auf dem Boden liegen. »Potschinski, dieses Aas. Der hat mir doch glatt wieder was vom Kirschlorbeer abgeschnitten! Ja, glaubt der denn, ich merk so was nicht? Das wird ein Nachspiel haben, Freundchen ...« Sogleich schwingt sich Esther aus dem Auto, doch eine neuerliche Schmerzattacke lässt sie abrupt innehalten.

»Mama, du sollst dich doch nicht aufregen. Komm, wir bringen jetzt erst mal die Sachen ins Haus«, rufe ich aus dem Wagen und versuche vergeblich den Zündschlüssel aus dem Schloss zu ziehen.

Aber Esther kneift trotzig die Augen zusammen, presst die rechte Hand auf die Stelle des Herzens und stürmt vornübergebeugt zur Haustür des Nachbarn. Dort lässt sie den Finger erst wieder vom Klingelknopf, als sich seitlich des Hauses ein kleiner, untersetzter Mann den Weg durch die hochgewachsenen Thujen bahnt.

»Hörn Se uff da!«, knarzt das Männlein missmutig und schiebt seinen spärlich bewachsenen Lolli-Kopf durch die Hecke. Jetzt erkennt er meine Mutter.

»Ach Sie sind ditte! Vonne Toten wieder aufjestanden, wa?«

Das ist also der ominöse Herr Potschinski, über den mir Esther am Telefon schon die haarsträubendsten Nachbarschaftsgeschichten erzählt hat. Wobei ich immer nicht ganz nachvollziehen konnte, wer hier eigentlich wen piesackt.

»Herr Potschinski. Sie haben sich an meinem Kirschlorbeer vergriffen. Darf ich fragen, was das soll?«

Der Nachbar schiebt die Thujen wie einen schweren Theatervorhang zur Seite, stellt seinen Spaten ab und geht einige Schritte auf Esther zu. Wie zwei Kampfhähne stehen sich die beiden gegenüber, plustern sich auf und stemmen synchron die Fäuste in die Hüften. Was für ein Bild: Auf der einen Seite der waldschratige Nachbar Potschinski, dessen Gesicht großflächig mit einer Dalai-Lama-mäßigen Kassenbrille verglast ist. Demgegenüber meine Mutter mit ihrer Seidenschal-Gehirnbremse um den

Kopf und ordentlich biologisch abbaubarem Lippenstift auf den Zähnen.

Ich bleibe genüsslich hinter dem Lenkrad sitzen und beobachte gespannt, wie die beiden aufeinander losgehen.

»Stammen Sie vom Maulwurf ab oder warum können Sie nicht erkennen, welcher Strauch zu Ihrem Grundstück gehört?«, faucht Esther.

»Die Ärzte ham wohl dit janze Jehirn bei Ihnen rausjenommen, wa! Dit Jestrüpp hier war auf meinem Grundstück, da kann ick wegschneiden, so viel ick will, vastehn Se?«

Ich bin mir sicher, die beiden wären die perfekten Kandidaten für eine krawallige Unterhaltungsshow im amerikanischen Fernsehen. Aber trotz des hohen Unterhaltungswerts mache ich mich bereit, meiner Mutter Beistand zu leisten, denn immerhin ist sie ja irgendwie herzkrank.

Doch genau in diesem Moment öffnet sich die Haustür des Nachbarn und Frau Potschinski betritt den Vorplatz. Ich muss grinsen, denn genau so hatte ich sie mir dank Esthers Beschreibung bereits vorgestellt: Rosa Strickpulli, mäuschengrauer DDR-Rock, fransige Strubbelmähne und runterhängende Brüste wie schwere Säcke voller Katzenstreu. Wie angewurzelt bleibe ich sitzen, als die Wuchtbrumme an die Seite ihres gnomenhaften Mannes tritt. Diese Matrone hat vermutlich mehr Testosteron im Blut als ihr Gemahl, jedenfalls legt die dichte Beinbehaarung diesen Schluss nahe. Es ist kaum zu übersehen – und zu überhören –, wer in der Ehe der Potschinskis die Hosen anhat. Mit herber, tiefer Reibeisenstimme brüllt Frau Potschinski auf meine Mutter ein, sich wegen der paar Zweige nicht so anzustellen und endlich die Klappe zu halten. Ich zücke mein Smartphone, um von diesem grotesken Dreiergespann sogleich ein Erinnerungsvideo zu machen. »Mein erster Tag zu Hause«, so werde ich den Post dann bei Facebook überschreiben und freue mich jetzt schon wie Bolle auf die hübschen Kommentare.

Doch mit einem Mal dreht sich Herr Potschinski, witternd wie ein Bluthund, zu mir um. Erst kneift er die Augen hinter seiner Kompottschalen-Brille zusammen, dann stürmt er in meine Richtung, reißt unvermittelt die Wagentür auf und brüllt zu seiner Frau: »Hier is eena! Een Spion. Der filmt!« Regungslos bleibe ich auf dem Fahrersitz sitzen, verstecke das Corpus Delicti in der Mittelkonsole und blicke voll Grauen auf die außer Kontrolle geratene Ohr- und Nasenbehaarung des Nachbarn.

»Rauskommen! Sofort rauskommen!«, poltert Frau Potschinski, krempelt die Ärmel ihres Pullis nach oben und nimmt mit zerstörerischem Terminator-Gesicht Kurs auf mein Auto. Bevor die Situation gleich komplett eskaliert, schwinge ich mich aus dem Wagen, lupfe meinen Anzug, fahre mir durchs Haar und komme mir vor wie James Bond in Schwiegertochter gesucht.

»Guten Tag zusammen. Philip Heitmann«, stelle ich mich mit fester Stimme vor.

Wie eingefroren bleibt Frau Potschinski mit einem Mal stehen, lässt ihren Blick prüfend an mir auf und ab gleiten und schürzt die Lippen. »So ein hübscher Bursche! Und das da soll die Mutter sein?« Dabei betrachtet sie Esther wie ein achtbeiniges Geschöpf unterm Badezimmerschrank.

»Ich habe nur unser Haus fotografiert, mit dieser tollen neuen Fassade. Ich war ja schon Ewigkeiten nicht mehr hier.«

»Und warum steigen Sie dann nicht einfach aus?«

»Mein Bein war eingeschlafen«, lüge ich schnell, wende mich zum Kofferraum und merke, wie mir Frau Potschinski dabei konsequent auf den Hintern starrt.

»Mama, du wolltest mir doch den ausgebauten Dachboden zeigen …«, versuche ich die Situation zu entschärfen und verfrachte das Gepäck auf die Straße. Doch Esther rührt sich nicht vom Fleck.

»Mama. Kommst du?«

»Nein«, antwortet sie resolut und verschießt damit meinen vorbereiteten Elfmeter. »Ich muss das hier jetzt ein für alle Male klären.«

»Bist du sicher, dass das in deinem Zustand eine gute Idee ist?«

»Spätzchen, mach dir keine Sorgen. Geh schon mal rein, ich komme gleich nach.«

»Du brauchst wirklich keine Hilfe?«, versichere ich mich und deute auf die Nachbarn. Esther schüttelt mit einem sanften Lächeln den Kopf, Herr Potschinski grunzt und seine Ehegattin fummelt sich aufreizend am Strickpulli.

»Bleiben Sie doch noch ein bisschen!«, raunt mir Frau Potschinski zu, »so 'nen Knusperkeks hat man ja auch nicht alle Tage in der Nachbarschaft.« Doch so verlockend das Angebot auch sein mag, ich nehme lieber unsere Koffer huckepack und schlurfe wie ein Packesel zum Eingang.

»Müsste offen sein«, ruft mir Esther noch hinterher und tatsächlich, mit leichtem Druck lässt sich die Haustür aufstoßen.

Erst jetzt wird mir bewusst, dass das Haus die ganze Zeit offen gestanden haben muss. Nur ein Versehen? Oder ist das der aktive Beitrag meiner Mutter für die »Flüchtlinge willkommen«-Initiative, über deren Mitgliedschaft ein blaues Schild an unserer Eingangstür kündet. Ich schüttele den Kopf und befehle mir für die kommenden Tage, einfach nicht so viel nachzudenken, nicht nachzufragen und immer schön ruhig zu bleiben. Leider weiß ich schon jetzt, dass mir das nicht gelingen wird.

Kapitel 4

Jedes Mal wenn ich nach Hause komme, befällt mich schon beim Betreten des Flures diese immer gleiche, bittersüße Gefühlsmischung aus Beklemmung und Geborgenheit, irgendwas zwischen Nestwärme und Klaustrophobie für Fortgeschrittene. Ob ich es will oder nicht, sofort werden alte Erinnerungen wach. An meine berüchtigten Räuberhöhlen zum Beispiel, in die ich Mausefallen stellte, um zu verhindern, dass meine Schwester sich dort Zutritt verschaffte. Der Bau dieser Höhlen wurde mir aber schließlich untersagt, nachdem Esther beim Saubermachen aus Versehen eine Mausefallen-Kettenreaktion auslöste und ihr noch am selben Tag zwei pechschwarz geschlagene Fingernägel aus dem Nagelbett entfernt werden mussten.

Und wie habe ich mein Baumhaus hinten im Garten geliebt. Hier bin ich als Siebenjähriger im Sommer für eine Woche eingezogen, weil mir das Zusammenleben mit Mutter und Schwester einfach unerträglich erschien. Dank diverser Ladendiebstähle konnte ich mich in meinem Baum-Refugium ganze vier Tage selbstständig ernähren, so lange, bis Polizeibeamte meinen Zufluchtsort stürmten und kiloweise Dosen-Mandarinchen, Gummibärchen und Büchsen-Ravioli sicherstellten. Die Aktion hat mir leider ein lebenslanges Hausverbot im Supermarkt meines Vertrauens beschert, aber zum Glück gab es ja noch andere Geschäfte, in denen ich ebenfalls sämtliche Donald-Duck-Hefte direkt im Laden lesen konnte, um so mein Taschengeld zu sparen. Meine familiäre Absetzbewegung hat nicht nur dazu geführt, dass ich einen Monat Baumhaus-Verbot bekam, zusätzlich wurde ich noch mit einer allabendlichen Familienzusammenkunft gestraft, in der unter anderem mein diebisches Fehlverhalten familientherapeutisch aufgearbeitet wurde. Zuerst hielten Esther, Jule und ich einen beschämenden Problemkreis ab, in dem reihum jeder über seine Gefühle sprechen musste. Danach folgte die zweite Grausamkeit: zehn Minuten Familienkuscheln, wo wir in Klamotten eng aneinandergeschmiegt auf einer Wolldecke lagen und ich jedes Mal hoffte, das Jugendamt würde uns überraschen, um diesem Humbug ein jähes Ende zu bereiten. Zum krönenden Abschluss gab es dann noch eine Portion Fremdschämen, wenn Esther die Anlage aufdrehte und wir uns zu Enya-Ethno-Hymnen freitanzen sollten. Dass ich nach diesen peinigenden Ritualen kein Fall für die Klapsmühle geworden bin, ist eigentlich ein Wunder.

Hier im Haus hat sich viel mehr verändert als nur die Wandfarbe. Ich gucke mich neugierig im Flur um. Dort in der Garderobe hängen zum Beispiel allerlei Klamotten, die ganz sicher nicht Esther gehören: Ein Shaun-das-Schaf-Kinderkoffer, altbackene Turnschuhe in Schuhgröße 46, ein zusammengeklappter Rollstuhl. Merkwürdig. Auch auf der Kommode liegen allerhand Gegenstände, die nicht so recht zu meiner Mutter passen wollen. Eine bunte Trillerpfeife, Kompass, Taschenlampe, leere Medikamentenschachteln, Blumensamen und Straßenmalkreide. Wofür braucht Esther das ganze Zeug? Immerhin baumelt am Treppengeländer indianischer Federschmuck, das lässt eindeutig auf meine Mutter und ihren verunglückten Dekorationsstil schließen. Warum sie aber die Wände bis hoch in den ersten Stock mit bunten Kinderbildern tapeziert hat, bleibt mir ein Rätsel. Sind die etwa noch von Jule und mir? Vom Flur aus gehe ich links in die geräumige Küche, wo immer noch unser großer Küchentisch steht. Hier wurden früher alle wichtigen Familienthemen besprochen, wenn sich meine Schwester zum Beispiel unerlaubterweise die Haare grün färbte, eine Fünf in Mathe mit nach Hause brachte oder als meine heimliche Kaulquappenzucht aufflog, weil aus den Marmeladengläsern in der Küche eines Tages kleine Frösche hüpften.

Der Tisch ist großflächig mit Zeitungspapier bedeckt, darauf liegen etwa zehn quietschbunt betuschte Bilder, neben Pinsel, Lappen und einer auslaufenden Tube Deckweiß. Außerdem fliegen auf dem Boden Hunderte von Legosteine herum, die wie Blütenblätter bei einer Hochzeit den Weg ins offene Wohnzimmer säumen. Dort stapeln sich auf den Geschirr-Schränkchen etliche Zeitungen und jede freie Ecke ist mit bunten Kisten, Noten oder Kilopaketen Hasenfutter vollgestellt. Immerhin hat meine Mutter unseren Kamin und die gemütlichen Lesesessel unversehrt gelassen. Keine Ahnung, was in diesem Haus vor sich geht, es muss irgendetwas zwischen Kindergeburtstag, Tierheim und Irrenhaus sein.

Ich schrecke hoch. Was war denn das für ein Geräusch im ersten Stock?

Da! Schon wieder! Ich habe es deutlich gehört. Dort müssen gerade Einbrecher am Werk sein.

Ich könnte meiner Mutter ein paar hinter die Ohren geben. Jedes Kleinkind weiß doch, dass man die Haustür abschließt, wenn man beabsichtigt, längere Zeit nicht daheim zu sein. Also gut, mir bleibt wohl nichts anderes übrig, als die Verteidigung des Hauses selbst in die Hand zu nehmen und den Ganoven da oben zu stellen. Wäre doch gelacht, wenn ich diese kleine Heldentat nicht allein vollbringen könnte. Ich ziehe mein Sakko aus, hänge es über die Stuhllehne, krempele die Ärmel meines Hemdes nach oben und horche aufmerksam ins obere Stockwerk. Da! Wieder ein Rumpeln. Ganz klar. Dort ist jemand zugange. Ich schaue mich im Flur nach Gegenständen um, die den Täter zur Strecke bringen könnten. Zuerst rupfe ich ein selbst gebasteltes Steckenpferd aus dem Schirmständer und überlege, wie ich dieses als Schlagwerkzeug einsetzen könnte. Aus Mangel an Ideen greife ich mir lieber das nächste Utensil, eine aufgerollte Yoga-Matte. Mist, das sind nicht gerade die passenden Waffen, um einen Dieb dingfest zu machen. Aber dann fällt mein Blick auf eine extrem fette, noch dazu rotzhässliche Buddha-Statue, die feist im Treppenknick thront. Das Ding ist perfekt. Ich fasse den Klotz wie einen Baseballschläger am Kopf und versuche einige Trockenschläge. So viel steht fest: Wer diese Keule übergebraten bekommt, ist definitiv, nun ja, Buddha-Brot. Dermaßen bewaffnet nehme ich nun Stufe um Stufe in den ersten Stock. Hier angekommen lausche ich, aus welchem Zimmer die Geräusche dringen. Oben vom Dachboden ist schon mal nichts zu hören. Auch in meinem alten Kinderzimmer, in Jules Zimmer, Esthers Schlafzimmer und im Spielzimmer herrscht Totenstille. Doch dann höre ich mit einem Mal Papiergeraschel aus dem Badezimmer. Vorsichtig trippele ich zur Tür und überlege, welche Taktik am besten wäre.

Option A – der Kamikaze-Überraschungsangriff: Tür aufreißen, Buddha schwingen und den Dieb niederknüppeln.

Option B: Vor der Tür lauern und dem Lump eins überbraten, sobald er den Kopf herausstreckt.

Von meinem Job weiß ich, dass Angriff die beste Verteidigung ist, und so entscheide ich mich für Option A. Ich zähle innerlich bis drei. Das hilft immer, wenn ich meinen ganzen Mut zusammennehmen muss. Eins – konzentriere dich – zwei – du packst das – zweieinhalb – du packst das wirklich – zweidreiviertel – Los, du Lusche – DREI … mit einem Urwaldschrei werfe ich mich gegen die Badezimmertür, stürze hinein, schwinge den Buddha und wundere mich noch, dass Einbrecher neuerdings mit einer Zeitschrift auf dem Schoß nackt auf dem Klo sitzen. Der Dieb schreckt panisch von der Klobrille hoch und schreit aus voller Kehle. In einer Art Übersprungshandlung stimme ich ebenfalls mit ein und brülle, was das Zeug hält, so lange, bis sich mein Gehirn wieder zuschaltet und vermeldet, dass es sich hier offensichtlich um eine Verwechslung handelt. Ich verstumme abrupt, springe in den Flur zurück und schlage die Badezimmertür hinter mir zu.

Wer zum Henker ist das? Ein Flüchtling? Handwerker? Oder der neue Liebhaber meiner Mutter? Obwohl, nein, Liebhaber fällt schon mal aus, denn mit geschätzten vierzig Lenzen wird der Typ sich wohl kaum auf meine 62 Jahre alte Mutter eingelassen haben.

Ich fasse mir ein Herz und klopfe an die Tür. »Ähm, 'tschuldigung ...«

»Boah, du hast mich gerade zu Tode erschreckt«, kommt es aus dem Badezimmer zurück.

»Darf ich mal reinkommen?«

»Nein. Besetzt!«

»Ich möchte aber mal was klären ...«

»Klär dich unten, da ist auch noch eine Toilette.«

Ohne auf seinen verfehlten Witz einzugehen, setze ich nach: »Ich will jetzt sofort wissen, wer Sie sind. Ansonsten rufe ich die Polizei.«

»Ich bin Simon! Und du musst Philip sein.«

»Woher wissen Sie das?«

»Von Esther. Aber wir können gleich unten weiterquatschen. Ich dusche noch kurz und bin gleich bei dir, okay?«

Ich höre das Geräusch der Klospülung, dann wird die Duschkabine bestiegen, er nestelt an der Duschwand und lässt schließlich das Wasser laufen.

Von Esther? War ja klar. Wenn jemand für diese irrwitzige Situation eine Erklärung hat, dann meine Mutter. Ich laufe also die Treppenstufen hinab, stelle den Buddha in die Treppenecke zurück, reiße die Haustür auf, doch weder meine Mutter noch die Potschinskis sind dort zu sehen. Ich gehe auf den nachbarlichen Vorplatz, werfe auf Zehenspitzen einen Blick durch das Küchenfenster und bin mir auch nicht zu blöde, einige Sekunden an deren Haustür zu lauschen. Aber vergebens, meine Mutter bleibt wie vom Erdboden verschwunden. Vielleicht haben die Potschinskis sie ja in ihren schalldichten Folterkeller verschleppt und traktieren sie dort mit Brennnesseln und Juckpulver. Angesichts der Tatsache, dass Esther gerade frisch aus dem Krankenhaus entlassen wurde, beunruhigt mich die Situation nun doch ein wenig. Andererseits, wenn ihr was zugestoßen wäre, hätten sich die Nachbarn sicherlich bei uns gemeldet. Die werden sie ja nicht gleich im Garten vergraben, oder etwa doch?

Kapitel 5

Ich beschließe, ins Haus zurückzugehen und dort auf Esther zu warten. Gegen den aufziehenden Jetlag koche ich mir erst mal einen starken Kaffee. Doch wie zu erwarten war, hat dieser Haushalt keine schicke, bequeme, umweltschädliche Kapsel-Maschine, stattdessen finde ich im Kaffeeschrank Mamas alte Kaffeemühle wieder. Der ehemals disruptive Innovationsknaller dieses Maschinchens besteht im Übrigen darin, dass die Kiste beim Mahlen den Hit »C-A-F-F-E-E, trink nicht so viel Kaffee« klimpert. Wären wir in Amerika, müsste an der Mühle ein riesiges Warnschild prangen: »Achtung! Musikalisches Beiwerk enthält Rechtschreibfehler. Kann bei täglicher Verwendung zu orthografischen Dauerschäden führen.« Denn das unterscheidet die USA und Deutschland: Hier wissen die Menschen, dass das Zusammenspiel von Motorsägen mit den eigenen Extremitäten meistens blutig endet, dass Tiere zum Felltrocknen nicht in die Mikrowelle gehören und dass frisch gebrühter Kaffee, dargereicht in einem Pappbecher, durchaus heiß sein könnte.

Unter großem Geklimper mahle ich die vorgefundenen Fairtrade-Kaffeebohnen, schütte heißes Wasser über das gewonnene Pulver und warte, bis die Brühe durch den Filter gelaufen ist. Ich suche im Kühlschrank nach Milch und finde dort die Art Milchflaschen wieder, die ich schon als Kind immer vom Bauernhof herschleppen musste. Beim Tragen einer Milchkiste habe ich mir sogar mal einen Leistenbruch zugezogen. Meine Schwester hat mich daraufhin verhöhnt, dass ich selbst zum Milchholen zu blöd sei und aufpassen solle, beim nächsten Mal nicht auch die Mark in der Hand zu zerbrechen. Diese Bosheit rächte ich noch in der gleichen Nacht, indem ich ihr mit meiner Kinderschere üppige Haarpartien aus der Mähne schnitt. Ihr blieb am nächsten Tag nichts anderes übrig, als mit der Frisur eines zerrupften Straßenköters in die Schule zu gehen und dafür ordentlich Häme von den Klassenkameraden zu kassieren. Was für eine Genugtuung, darüber freue ich mich noch heute. Leider musste ich am Ende aber Jules Friseurbesuch mit meinem sauer zusammengesparten Taschengeld bezahlen, trotz Leistenbruch, da ließ Esther nicht mit sich reden.

Der Kaffee schmeckt furchtbar. Auf diese braune koffeinfreie Bio-Fairtrade-Sustainable-Transfair-Reformhaus-Rainforest-Kodex-Association-Alliance-GreatPlaceToWork-Certified-Plörre gibt es nur eine adäquate Antwort: Wegschütten! Immerhin finde ich im Gemüsefach des Kühlschranks ein paar Biere. Wenn schon kein Koffein, dann zumindest Alkohol, denke ich mir. So öffne ich die Flasche, setze die Pulle an und sehe nach den ersten Schlucken aus dem Augenwinkel den Schriftzug auf dem Etikett: »Ohne Alkohol, dafür Fairtrade.« Es ist doch zum Heulen …

Aber was brauche ich schon Alkohol? Den leichten Betäubungseffekt erreiche ich mittlerweile schon, wenn ich einfach nur zu schnell vom Stuhl aufstehe. Außerdem lässt sich ohne Alkohol im Blut viel besser arbeiten und so hole ich meinen Laptop aus dem Koffer und mache mich an die Vorbereitungen des Milliarden-Deals. Zuvor schreibe ich noch schnell in einer Excel-Tabelle die Stichpunkte für Esthers Nachsorge zusammen, die ich gleich morgen in Angriff nehmen werde – vorausgesetzt, meine Mutter taucht überhaupt wieder auf. Sie braucht einen Pflegedienst, der regelmäßig nach ihr guckt und ihren Gesundheitszustand checkt. Dann wären einige Visiten bei den Chefärzten im Krankenhaus nicht verkehrt und außerdem könnte ich morgen mal die Reha-Zentren im Umland abtelefonieren.

Meine Finger fliegen über die Tastatur, als sich plötzlich ganz langsam an der gegenüberliegenden Seite des Tisches von unten ein Kaninchenkopf emporschiebt. Ich traue meinen Augen nicht, kneife die Lider zusammen, ein kurzer Schauer durchzuckt mich. Hat der Jetlag nun doch gewaltsam zugeschlagen oder sind das die Nebenwirkungen meiner Schlaftablette, die ich während des Fluges genommen habe? Ich beuge meinen Oberkörper auf die Knie und stiere unter den Tisch. Fast entfährt mir ein Schrei, als ich feststelle, dass das Kaninchen zwei Kinderbeine hat, die noch dazu in gelben Crocs stecken.

»Hallo!«, sagt eine Kinderstimme.

»Hal-lo?«, antworte ich im Affekt und setze mich aufrecht. Meine Pupillen stellen sich scharf und mir wird klar, dass am Tischende ein kleiner, blonder Junge steht, der ein riesengroßes Kaninchen auf dem Arm trägt. Lachend setzt der Junge das mümmelnde Vieh auf dem Esstisch ab und grinst. »Wohns' du jetzt auch hier?«

»Nein, bin nur zu Besuch«, sage ich mit missbilligendem Blick auf das Karnickel. »Und du? Wohnst du hier?«

»Logo«, antwortet der Hänfling und gibt mir das Gefühl, eine völlig bekloppte Frage gestellt zu haben. »Ich wohn oben dürekt unterm Dach.«

Falls die Behauptung des Knirpses wirklich wahr sein sollte, werde ich meine Mutter eigenhändig erwürgen. Warum zum Henker hat sie einen Vater mit Sohn inklusive Kaninchen bei sich aufgenommen?

»Dachtest du, mein Kanünchen hat Füße?«, lacht der Kleine mit auffallender Zahnlücke und streichelt das Fellvieh.

»Nein, Schlaubi-Schlumpf, das habe ich natürlich nicht gedacht, ich habe nur …, ähm, also …«, ich suche händeringend nach einer passenden Ausrede. »Mir ist eine Kontaktlinse rausgefallen. Da unter den Tisch«, stammele ich und deute mit dem Zeigefinger fuchtelnd auf den Boden, obwohl ich gar keine Linsen trage. Mir fällt auf, wie beschämend unsouverän ich mich gerade vor diesem Kind aufführe. Selbst in knallharten Verhandlungen, wenn es um Millionensummen geht, kann mir keiner so leicht die Butter vom Brot nehmen, geschweige denn, mich aus der Fassung bringen. Aber dieser kleine Fruchtzwerg schafft es, mich vorzuführen wie Witwe Bolte.

»Kontacklünse? Was is'n das?«, fragt der Kleine neugierig.

»Linsen mit Kontakt!«

»Was is Kontakt?«

»Wenn man was berührt!«

»Und was berühren die?«

»Hä? Kontaktlinsen packt man ins Auge. Die berühren das Auge. Kapiert?«

»Und warum heißen die Lünsen? Kann man die essen?«

»Nein, die kann man nicht essen. Außerdem heißen die Linsen nicht Lünsen.«

»Es gibt aber Lünsen, die kann man essen.« Mit seiner rechten Hand zählt er auf: »Rote Lünsen kann man essen, gelbe, grüne, pünke, lülane, torküse, okkane, gestreifte, welche mit Punkten drauf und welche mit 'nem Loch dran und welche mit ohne Loch, welche mit …«

»Es gibt keine pinkfarbenen Linsen. Es gibt auch keine türkisen«, unterbreche ich das Geschnatter und korrigiere oberlehrerhaft die richtige Aussprache.

»Na und? Kann man ja dann so anmalen. Eier kann man ja auch anmalen. Machen wir ümmer Ostern. Malst du deine Eier auch an?«

Ich atme tief durch und verdrehe die Augen. Was bin ich hier? Kindergarten-Cop?

»Nein, ich male meine Eier nicht an und jetzt Schluss mit dem Gequatsche!«

»Gequatsche?!« Er lacht ein typisches Kinderlachen, welches so ansteckend wie grundlos ist, dass ich mich zwingen muss, keine Miene zu verziehen.

»Mit Hüldegard mache ich auch oft Quatschi, Quatschi.«

»Hildegard?« Ich ziehe fragend die Augenbrauen hoch.

»Das hier is Hüldegard«, sagt der Knirps und nimmt mit geübtem Griff das Kaninchen in den Arm. Kurzzeitig habe ich die Befürchtung, er könnte unter der Last des Tieres zusammenbrechen, denn der Größe nach zu urteilen wiegt das Vieh locker seine acht Kilo.

»Wüllst du Hüldegard auch mal nehmen?«, fragt er mich.

»Die heißt doch sicher Hildegard. Mit i, oder?«

»Hüldegard ist nicht i«, antwortet er und versteht nicht im Geringsten, was ich ihm eigentlich sagen wollte.

»Bring das Viech lieber mal nach draußen, das haart hier ja alles voll.«

»Hüldegard haart nüch.«

»Dann köttelt die hier eben alles voll.«

»Hüldegard köttelt nüch.«

»Hör mal, ich muss hier arbeiten und habe keine Lust, das in Anwesenheit eines Kaninchens zu tun, okay?«

»Was arbeitest du denn?«

»Was mit Zahlen, wofür ich volle Konzentration brauche.«

»Dann hör doch einfach auf zu arbeiten und wir spielen was zusammen. Lego oder Playmo vülleicht?«

Fast ist es mir selbst peinlich, aber ich hätte wirklich Lust, wie damals bäuchlings auf dem Wohnzimmerteppich zu liegen und stundenlang aus Legosteinen Raumstationen zu bauen. Aber es passt nicht, die Arbeit ruft, und zwar lautstark in tausend Dezibel.

Ohne eine Antwort von mir abzuwarten, dreht der Kleine sich plötzlich mit dem Kaninchen im Arm um und läuft durch die geöffnete Terrassentür in den Garten. »Komm, wir füttern erstma Hüldegard. Brüng mal das Futter mit«, ruft er mir zu. »Steht üm Wohnzimmer inna Ecke. Darf ich nüch tragen, is zu schwer für Künder.«

Okay, diesen kleinen Gefallen tue ich ihm, aber nur, weil ich keinem weiteren Kind einen Leistenbruch wünsche.

»Wie heißt'n du eigentlich?«, frage ich und stelle den schweren Futtersack neben den Kaninchenstall.

»Till«, kommt es zurück. Komisch, seinen Namen kann er ausnahmsweise richtig aussprechen.

»Ich bin Philip.«

»Weiß ich.«

»Aha. Und woher weißt du das?«

»Na, hat Oma erzählt.«

»Oma?« Ich ziehe meine Stirn kraus. »Du meinst Esther?«

»Ja, Oma.«

Wie kommt meine Mutter denn zu diesem Oma-Titel? Bislang haben weder Jule noch ich Kinder in die Welt gesetzt, das ist zumindest mein letzter Kenntnisstand.

»Wo ist denn deine Mutter?«, bohre ich weiter.

»Arbeiten.«

»Aha! Im Ausland. Im Dschungel?«

»Üm Dschungel?«, amüsiert sich der Kleine und setzt das Kaninchen vorsichtig in den Stall. »Nee, üm Restorong.«

Restaurant? Das klingt schon mal nicht nach meiner Schwester. Aber zur Sicherheit hake ich noch mal nach: »Deine Mutter heißt nicht zufällig Jule?«

»Pffff, die heißt doch nüch Jule«, amüsiert er sich und kringelt sich vor Lachen.

»Wie heißt die denn mit Vornamen?«

»Mama.«

Alles klar, in puncto »Sprechen mit Kindern« bin ich eine komplette Niete, aber zumindest weiß ich, dass Oma einfach nur ein Spitzname für Esther ist. Ich kann durchatmen.

»Wie alt bist'n du, Till?«

»Fünf, ich kann aber schon büs hundert zählen.«

»Ui toll, ich auch!«, sage ich und klinge wie der böse Onkel Scar im König der Löwen.

Till stellt eine Schale Futter in den Stall, legt noch einige frische Karottenspalten dazu, schließt die Tür und wischt sich die Hände an der Hose ab. »So, fertig. Wollen wir jetzt spielen? Lego oder Playmo? Bütte!«

»Ich muss wirklich arbeiten, aber im Wohnzimmer fliegt noch dein ganzes Zeug rum. Willst du das nicht mal aufräumen?«, frage ich und klinge extrem erziehungsberechtigt.

»Nö, damit spiele ich noch. Außerdem habe ich noch vühl, vühl, vühl, vühl, vühl mehr. Wüllste mal sehen?«, ruft er begeistert und flitzt an mir vorbei. Wenige Sekunden später schiebt Till auf Knien zwei voll beladene Kisten ins Wohnzimmer, deren Inhalt er zu den anderen Steinen auf den Boden kippt.

»Phülüp, komm! Wir spielen. Guck mal, ich hab sogar 'nen Türannosaurus aus Tschürässik Park!«, erzählt er stolz und hält einen braunen Plastikdinosaurier in die Luft. Doch beim Anblick der Kisten gefrieren mir plötzlich die Gesichtszüge. Die Kisten … das sind ja meine! Die blaue mit den Marienkäferaufklebern drauf und die rote mit den Hanuta-Sammelbildern »WM-Fußballstars 1986«, die gehören mir. Genauso wie die ganzen Legosteine und Playmobil-Figuren, von der Ritterburg bis zum Spaceshuttle, das habe ich mir alles über die Jahre vom Taschengeld gekauft. Wie kommt Esther dazu, einfach meine Spielsachen weiterzuverschenken?

»Pfoten weg von den Kisten, das sind meine!«, herrsche ich den Kleinen an. Im ersten Moment guckt Till ein wenig verdutzt, doch dann geht sein kurzes Erstaunen in ein breites Grinsen über, so, als ob ihm plötzlich ein Licht aufgeht.

»Büst du auch ein büsschen plemplem?«, fragt er verschmitzt und legt den Kopf dabei schräg. »Ich mag plempleme Leute. Meine Freundin Bella is auch plemplem.«

Ich verstehe nur Bahnhof. Kann mir mal bitte jemand einen Übersetzer für wirre Kindergedanken schicken?

»Till, wovon redest du überhaupt?«

»Na, dass du auch so'n büsschen tüdelig büst, wie Bella, stümmt's?«

»Ich bin nicht tüdelig«, gebe ich erbost zurück, »aber das sind meine Playmobilkisten und mein Lego, ich bestimme, wer damit spielt und wer nicht. Basta!«

Und noch während ich wild mit den Händen herumfuchtele, um meinen Worten gestisch Nachdruck zu verschaffen, läuft Till auf mich zu, umarmt mein rechtes Bein und sagt entwaffnend, wie es nur ein Kind sagen kann: »Wüllst du mein Froind sein und für ümma hierbleiben? Bütte!?«

Versucht sich Till bei mir einzuschleimen, weil er Angst hat, dass ich ihm die Spielkisten wegnehme? Oder kann es tatsächlich sein, dass mich dieses Kind mag? Dabei habe ich mir doch gar keine Mühe gegeben, gemocht zu werden.

»Froinde?«, fragt der Kleine hoffnungsfroh zu mir nach oben.

»Freunde«, antworte ich nach einem kurzen Zögern, lege meine Hand auf seine kleine Schulter und frage mich, wie man mit einem Kind befreundet sein soll.

Kapitel 6

»Wär is aua Gäst from Americka«, tönt es mit Möchte-gern-Ami-Akzent von den Stufen.

»Sümoooon. Hier sind wir. Üm Wohnzümmer«, blökt Till, löst sich von meinem Bein und macht sich an den Legokisten zu schaffen. Im nächsten Moment steht Simon in der Tür, frisch geduscht, gut gestylt, aber eine Klitzekleinigkeit fällt dezent aus dem Rahmen: Simon ist nackt. Oder besser gesagt, fast nackt, denn immerhin hat er sich ein knappes Höschen angezogen, das aussieht wie die Berufsbekleidung der Chippendales.

»Hi! Ich bin Simon«, sagt er, doch in meinem Gesicht steht nur ein riesengroßes Fragezeichen. Ist hier irgendwo eine versteckte Kamera?

»Das war eben ein ganz schön stürmischer Überfall«, lacht er über das sonnengebräunte Gesicht und streckt mir seine Hand zum Gruß entgegen, doch ich glotze nur wie ein Zombie auf die halb nackten Tatsachen vor meinen Augen. Es ist nicht so, dass ich zum ersten Mal einen spärlich bekleideten Mann sehe, aber einen solchen bei uns im Wohnzimmer kennenzulernen, ist durchaus eine Premiere.

»Habt ihr schön zusammen gespielt?«, erkundigt sich Simon bei Till, um von meinen verstörten Blicken abzulenken.

»Nö«, antwortet er. »Aber Phülüp und ich sind jetzt Froinde. Und er is auch manchmal so ein büsschen wie Bella ...«, dann tippt er sich mit dem Zeigefinger an die rechte Schläfe und versucht ein glückloses Pfeifen.

Simon lacht auf. »Ach was, Till. Philip ist sicher nur müde von der langen Reise. Das ist alles. So, aber jetzt räum hier mal deinen Kram auf, denn ich habe dir heute Morgen schon gesagt, dass ...«

Während nun eine Diskussion über das Aufräumen von Legosteinen losbricht, versuche ich mir einen Reim auf Simons textilreduzierte Ausstattung zu machen, zumal er keinerlei Anstalten unternimmt, diesen Zustand zu ändern. Probt er etwa für seine Paraderolle in »Des Kaisers neue Kleider«?

»Entschuldige, Simon«, unterbreche ich schließlich deren kleine Auseinandersetzung, »kann das sein, dass du vergessen hast ... na ja, wie soll ich es sagen ... vergessen hast, dir etwas anzuziehen?« Dabei deute ich auf die Bereiche, die man normalerweise in Gegenwart von Fremden mit einer ausreichenden Stoffmenge bedeckt.

Aber von Simon kommt keine verschämte Reaktion im Sinne von »Ups, glatt vergessen ...«, gefolgt von einem hektischen Verschwinden ins obere Stockwerk. Im Gegenteil, er bleibt tiefenentspannt, genauso wie Till, den der Unterhosen-Anblick seines Vaters nicht im Geringsten irritiert.

»Ich dachte, deine Mutter hätte dir schon was erzählt«, sagt Simon. »Ich bevorzuge es, möglichst wenig Kleidung zu tragen. Nur das Nötigste, wenn du verstehst, was ich meine.«

»Wie bitte?«

»Ich mag keine Klamotten. Ich fühle mich darin so unfrei.«

Für einen Moment bin ich sprachlos. Das ist doch vollkommen absurd. Will der Typ mich etwa auf den Arm nehmen?

»Zieh! Dir! Sofort! Was! An!«, bricht es schließlich aus mir heraus und ich bin selbst ein wenig erstaunt über meine aufkeimende Aggressivität.

»Pack! Da! Was! Drauf! ... Sofort!«, rufe ich und deute auf Simons freigelegten Oberkörper mit aufgeforsteter Brustbehaarung. »Wir kennen uns doch gar nicht!«

»Glaubst du's mir jetzt, dass Phülüp ein büsschen tüdelig is?«, flüstert Till, und ich weiß in diesem Moment nicht, was mich mehr auf die Palme bringt: dass sich Simon meiner Bitte widersetzt oder dass mich dieses Kind nicht ernst nimmt.

»Ich mache uns jetzt erst mal einen indischen Heiltee, der beruhigt die Gemüter«, sagt Simon, klopft mir generös auf die Schulter und lässt mich einfach im Wohnzimmer stehen. »Die Energien hier im Raum sind eindeutig von negativen Entitäten beherrscht, das fühle ich. So ein Heiltee bewirkt da echt Wunder, glaub mir.«

Der Kerl klingt wie eine Kreuzung aus Tupper-Tante, Seelenklempner und Alt-Hippie ... also eigentlich genau wie meine Mutter. Das macht die Situation keinen Deut besser.

»Und wenn du willst, bekommst du gleich eine schöne Entspannungsmassage von mir«, ruft Simon aus der Küche, während er Teewasser aufsetzt. Ich hoffe inständig, dass das Angebot nur als Witz gemeint war. Denn mir würde jetzt so einiges helfen, eine kalte Dusche, Schnaps, Valium, aber ganz gewiss keine Massage von einem Typen in Unterhose. Wir sind hier doch nicht im Gay-Club!

»Ich guck mal, was wir an ätherischen Ölen bei uns im Zauberschränkchen haben«, sagt er und zieht eine Küchenschublade auf. »Was hätten wir denn hier? Kardamom-Hibiskus-Zirbelkiefer. Das hilft auch wunderbar bei Regelschmerzen und Geburtswehen. Oder das hier: Lavendel-Zypresse-Patschuli, super bei Blähungen, Mundgeruch oder Feigwarzen.«

Mit jeweils einem Fläschchen in der Hand tritt Simon nun freudestrahlend auf mich zu, um mir die Öle unter die Nase zu halten.

»Nimm das weg!«, zische ich und balle instinktiv meine Faust. Eine Keilerei in unserer Küche würde mich jetzt mehr entspannen als eine sechswöchige Erholungskur im Kloster. »Weiß eigentlich das Jugendamt, dass in diesem Haus ein durchgeknallter Vater so gut wie nackt vor seinem Kind herumläuft?«, frage ich gereizt. »In Amerika wäre Till längst im Heim und du im Knast. Mit all den anderen Perversen ...«

Bei dem Wort »pervers« erstarrt Simon schlagartig. Er presst die Zähne zusammen und knallt die beiden Fläschchen auf den Küchentisch: »Ich-bin-nicht-pervers!«

»Was heißt denn pärvärs?«, klinkt sich nun auch noch Till vom Esstisch in unser Gespräch ein.

»Ruhe jetzt. Die Erwachsenen unterhalten sich«, sage ich und wende mich wieder an Simon: »Wenn du nicht pervers bist, wie würdest du denn sonst dein Verhalten hier bezeichnen?«

Er spitzt den Mund und setzt eine Vertrauenslehrer-Miene auf: »Ich leide seit meiner Kindheit an einer schlimmen Neurodermitis mit chronischer Baumwollunverträglichkeit.«

»Chronische Baumwollunterverträglichkeit? Das ist doch Blödsinn.«

»Das ist kein Blödsinn, lieber Philip. Das ist eine schwere Krankheit!«, doziert er. »Von Baumwolle bekomme ich Hautausschlag, Pusteln, Ekzeme, nässende Wunden. Alles nicht schön. Gar nicht schön.«

»Na und? Dann zieh dir doch einfach irgendwas aus Plastik an. Eine Mülltüte zum Beispiel.«

Till reckt seinen rechten Arm in die Höhe und schnippt mit den Fingern wie ein Streber aus der ersten Reihe.

»Was ist denn schon wieder?«, schnaube ich.

»Was heißt'n pärvärs?«

»Dein Vater ist pervers«, wiederhole ich und sehe verwundert, dass meine Bemerkung diesmal keine geschwollene Halsschlagader bei Simon zur Folge hat, sich aber dafür das Gesicht von Till verfinstert.

»Ich hab gar kein Vater!«, sagt der Kleine erstaunlich selbstbewusst.

Auf Simon deutend frage ich: »Und was ist mit dem da?«

»Sümon is mein Kumpel.«

Mit entgleisten Gesichtszügen drehe ich mich zu Simon um: »Ist das wahr? Du bist nicht der Vater und läufst in diesem Aufzug vor einem fremden Kind herum? Das ist ja noch abartiger. Und meine Mutter weiß von alledem?«

»Selbstverständlich weiß sie von meiner Textildermatitis, lieber Philip! Was stellst du dich eigentlich so an? Du läufst im Schwimmbad doch auch in einer Badehose herum oder was trägst du dort? Eine blickdichte Burka?«

»Mach dich nicht lächerlich, du weißt ganz genau, was ich meine. Außerdem trage ich Badeshorts und nicht so ein … so ein … Ding da! Dein Verhalten ist absolut … *offensive.*« Leider habe ich in diesem Moment nur das englische Wort parat und gebe mir auch keine weitere Mühe, nach dem deutschen zu suchen. Mir waren zwar früher die Leute in der Schule suspekt, die sich nach einem einwöchigen London-Aufenthalt nur noch denglisch zu artikulieren wussten, weil ihnen angeblich die einfachsten deutschen Wörter nicht mehr einfielen. Aber in Situationen wie diesen bin ich dankbar, mich überhaupt noch sprachlich mitzuteilen, statt sogleich gröbere Maßnahmen zu ergreifen.

»Du findest mich übergriffig? Mein lieber Philip, ich glaube eher, dass du hier einem Verdrängungsimpuls aus deiner Kindheit nachhängst, den du mit Machismo überkompensierst.«

Wunderbar, Küchenpsychologe ist er auch noch … Es kann wirklich nicht schlimmer werden.

»Sorry, wenn ich kurz unsere nette Plauderei unterbreche, Philip, aber wo ist eigentlich deine Mutter?«

Simons berechtigter Einwurf lässt meine gärende Wut mit einem Mal zusammenfallen wie ein Soufflé. Das ganze Tohuwabohu hat mich vollkommen von der Tatsache abgelenkt, dass Esther nun schon seit über einer Stunde verschwunden ist.

»Du hast sie doch aus dem Krankenhaus abgeholt, oder?«, fragt Simon.

»Ja klar.«

»Und wo ist sie jetzt?«

»Keine Ahnung, sie hat sich draußen mit den Nachbarn gestritten und wollte gleich reinkommen.«

»Und du hast sie mit denen einfach allein gelassen? Dir ist doch hoffentlich bewusst, dass jedwede Aufregung Gift für Esther ist.«

»Vielleicht habe ich das Ganze ein wenig unterschätzt …«, sage ich kleinlaut. »Ich habe aber überall nach ihr gesucht, sie ist nirgendwo zu finden.«

»Hast du bei den Potschinskis geklingelt und gefragt, ob die wissen, wo sie ist?«, fragt Simon sichtlich nervös.

Ich schüttele den Kopf.

Mit einem Satz springt er auf und stürmt an mir vorbei, als es plötzlich an der Wohnungstür poltert.

»Hallo, ihr Mäuse! Bin wieder da!«, schallt es freudig durch den Flur.

Es tat schon lange nicht mehr so gut, Esthers Stimme zu hören. Auch Simon atmet erleichtert auf: »Da bist du ja! Wir haben uns Sorgen um dich gemacht.«

Till läuft meiner Mutter freudig entgegen, während sie mit einem bunten Strauß Gartenblumen in der Hand und einer Jutetasche mitsamt Gartenwerkzeug die Küche betritt.

»Ich habe dem alten Knacker Potschinski einen Ableger vom Kirschlorbeer hinten in seinen Garten gepflanzt, damit dieser Sauhund nicht länger unsere Zweige abschneidet.« Sie legt die Blumen auf der Spüle ab und drückt Till zur Begrüßung fest an sich.

»Es kann mir also keiner vorwerfen, ich würde nicht genug für eine gute Nachbarschaft tun. Der war nämlich nur neidisch auf unseren Lorbeer«, sagt sie und holt eine große Vase aus dem Schrank, um diese mit Leitungswasser zu füllen. »Dann hat er mir auch noch diese Geschöpfe aus seinem Garten geschenkt, obwohl er doch ganz genau weiß, dass ich es hasse, wenn man armen Blümchen den Kopf abschneidet.«

Doch plötzlich dreht sich Esther zu Simon und mir um.

»Ach, entschuldige, Liebling. Dich habe ich ja noch gar nicht richtig begrüßt. Komm mal her, mein Schatz«, sagt sie und breitet ihre Arme aus.

Erde an Esther, funke ich, wir haben uns bereits vor wenigen Stunden im Krankenhaus gesehen. Schon vergessen? Doch plötzlich öffnet Simon neben mir ebenfalls die Arme, geht mit liebevollem Lächeln auf Esther zu, streicht ihr sanft eine Haarsträhne hinter das Ohr, fasst ihre Hüften, zieht sie nah an seinen nackten Oberkörper heran und küsst sie. Till verzieht angewidert das Gesicht und widmet sich seinen Legosteinen.

»Schön, dass du wieder da bist, Honigmäulchen«, säuselt Simon, während Esther verträumt blinzelt, seinen Hintern umfasst und ein paar Quadratmeter Zunge in Simons Rachenraum verlegt. Ich bin geschockt. Mein Gesicht spricht enzyklopädische Bände des Entsetzens.

Kapitel 7

Ich habe mich schon mehrfach gefragt, ob ich bei der Geburt nicht aus Versehen vertauscht worden bin und eigentlich einer herrschaftlichen Adelsfamilie angehöre, die auf ihrem Landsitz seltene Pferdearten züchtet. Stattdessen soll ich tatsächlich aus dem Schoß einer Frau geschlüpft sein, die in ihrer Freizeit Bäume umarmt, in einer esoterischen Tanzgruppe mitmischt und zudem noch vor meinen Augen mit einen gut zwanzig Jahre jüngeren Liebhaber rumknutscht? Irgendwas muss verdammt schiefgelaufen sein. Zudem ist nichts demütigender, als einen vierzigjährigen Mann zu sehen, dessen Bauch flacher und trainierter ist als der eigene. Ich liege mit meinem Gewicht im akzeptablen Mittelfeld des Body-Mass-Index, trotzdem kämpfe ich an der einen oder anderen Stelle mit konvexen Herausforderungen, um nicht zu sagen: Dellen, denen ich mit gezielten Übungen und vernünftiger Ernährung den Kampf ansage. Angesichts dieser Bemühungen betrachte ich Männer, die ohne eigenes Zutun ein breiteres Kreuz, volleres Haar, dichteren Bartwuchs und muskulösere Oberarme haben, als biologisches Foulspiel. In dieser Logik wäre Simon also eine brutale Blutgrätsche. Zu meiner Genugtuung hat er wenigstens eine unmännliche Esoterik-Klatsche und diesen absurden Nacktheitsfimmel, die ihm auf der Coolness-Skala dicke Minuspunkte bescheren.

»Musst du noch zu einem Vorstellungsgespräch oder warum ziehst du dir keine bequemen Klamotten an?«, fragt mich Esther schnippisch.

»Sehr witzig. Immerhin trage ich Kleidung am Körper, ganz im

Gegensatz zu deinem Dingsda …, also, deinem Lebensabschnittsmacker … oder wie man das nennen soll.«

»Nenn ihn doch einfach beim Vornamen: Simon. Das schaffen andere Menschen auch …«, kommentiert sie spitz und räumt das Tuschzeug vom Esstisch, während Till und Simon draußen lautstark über den Rasen toben.

»Meine Mutter mit ’nem jüngeren, esoterischen, halb nackten Liebhaber …«, fasse ich kopfschüttelnd die Sachlage zusammen. Mein Kopfkino hätte einen Oskar verdient.

»Tja, daran musst du dich nun leider gewöhnen. So, aber jetzt gibt es erst mal Kuchen. Willst du Kaffee oder Tee?«

»Weder noch. Ich bleibe beim Bier und verarbeite den größten Schock meines Lebens.«

»Aber Simons ayurvedischen Möhrenkuchen musst du probieren.« Sie hält mir entzückt eine Kuchenplatte vor das Gesicht, auf der eine unappetitliche, breiige Masse thront, die aussieht wie ein explodierter Kürbis.

»Und das, was du da in den Händen hältst, ist der zweitgrößte Schock meines Lebens«, kommentiere ich trocken.

»Du hast doch gar nicht probiert. In diesem Backwerk sind nur gute Zutaten. Kein Zucker, keine Eier, kein Gluten, keine Laktose, kein Fett, noch nicht mal Mehl.«

»Dann ist das auch kein Kuchen, sondern eine Essstörung.«

»Ach, du weißt einfach nicht, was gut ist.« Sie stellt den pampigen Kuchenklumpen in die Mitte des Esstisches und leckt sich vorfreudig die Lippen.

»Mama, kannst du mir jetzt endlich erklären, was hier eigentlich los ist?«, frage ich schroff.

»Wieso? Was soll los sein? Ich habe, wie gesagt, ein paar Kleinigkeiten in meinem Leben geändert.«

»Du hast ein Kind bei dir aufgenommen und dir einen blutjungen Liebhaber zugelegt, das sind für dich Kleinigkeiten?«

Esther füllt seelenruhig Milch in ein kleines Kännchen und holt anschließend den Zuckerersatzstoff aus dem Schrank.

»Simon ist doch nicht blutjung. Er ist zweiundvierzig«, sagt sie mit gespielter Ernsthaftigkeit.

»Im Vergleich zu dir ist er blutjung. Und, seit wann geht das schon mit euch beiden?«

Sie stellt den Süßstoff auf den Tisch, guckt mit einem geistesabwesenden Lächeln zu Simon nach draußen und schweigt einige bedeutungsvolle Sekunden.

»Seit zwei Jahren«, antwortet sie beseelt mit geschlossenen Augen. »Seit zwei Jahren sind wir ein Paar und ich hätte es nie im Leben für möglich gehalten, dass mir in meinem Alter so etwas Magisches noch mal passiert. Liebe. Dieses große Wort. Jemanden so richtig lieben und zurückgeliebt werden, das ist wie Riebörßing.« Da meine Mutter kein gerades Wort Englisch spricht – aber mit einem wahnwitzigen Selbstbewusstsein behauptet, nach dem einmaligen Besuch eines VHS-Kurses lebenslang mit ausreichend Grammatik und Vokabular versorgt zu sein –, kann ich mir ihr ›Rebirthing‹ nur mit Ach und Krach zusammenreimen.

»Du bist seit zwei Jahren mit einem Typen zusammen und hast mir nie etwas davon erzählt?«

»Na und? Du hast ja auch nie danach gefragt.«

Sie gießt sich eine Tasse transparenten Kaffee ein, schüttet Milch dazu und rührt einige Momente versonnen in der Brühe, die mehr Ähnlichkeit mit dünnflüssigem Industrieschlamm hat als mit einem Heißgetränk.

»Und weiter, wie kam das mit dir und Simon?«

»Als ihr Kinder ausgezogen seid, ist mir in diesem Riesenhaus einfach die Decke auf den Kopf gefallen. Ich bin immer einsamer geworden. Mir fehlte der Kontakt zu Menschen, verstehst du?«

Ich nehme einen Schluck aus meiner Bierflasche und unterdrücke ein Bäuerchen. »Aber du hattest doch deine Tanzgruppe.«

»Wir treffen uns nur einmal die Woche«, entgegnet Esther. »Ich brauchte eine neue Aufgabe, etwas anderes, um das ich mich kümmern konnte. Ich wollte mein Leben noch mal auf den Kopf stellen und frischen Wind reinlassen.«

»Und der frische Wind nannte sich Simon?«

»Unter anderem.« Sie schmunzelt und nippt genüsslich am Kaffee. »Simon war der reinste Glückstreffer. Wir haben mit einigen Leuten vom Tanzen eine Licht-Session im Chakren-Treff besucht und, wie soll ich sagen, da war er und es hat einfach gefunkt.«

»War er damals auch schon so gut wie nackt?«

»Ja, klar. Deswegen waren alle Weiber im Treff ja auch völlig aus dem Häuschen.«

»Der trägt also immer nur diese knappen Unterhosen, sonst nix?«

»Für mich zieht er auch manchmal ein samtenes Spielhöschen an, mit Tigerkopf vorn drauf.«

»Mama!«, sage ich und verziehe das Gesicht, als hätte ich in eine Zitrone gebissen.

»Ist ja gut. Also, wenn Simon vor die Tür geht, hat er natürlich ganz normale Kleidung an. Polyester verträgt er zum Glück, aber wir bevorzugen 100-%-Viskose-Spinnfasern, die bestehen nämlich aus natürlicher Cellulose. Hast du das gewusst?«

»Nee, ist mir aber auch egal. Und im Winter?«

»Es gibt natürlich auch Wintersachen aus Viskose, das ist nicht das Problem. Aber er fühlt sich mit zu viel Kleidung am Körper einfach unwohl. Deshalb drehen wir, wenn's draußen kälter wird, einfach die Heizung ordentlich auf.«

»Ach so, und wenn die Heizung auf Hochtouren läuft, ist das natürlich kein Problem für die Umwelt?«

»Doch, das schon. Und leider auch für unseren Geldbeutel. Aber was sollen wir machen? Ich habe ja gewusst, worauf ich mich mit Simon einlasse. Gleich beim ersten Date hat er mir alles gebeichtet …«

Mich würde zwar brennend interessieren, wo man mit einem Halbnackten das erste Date verbringt, aber ich halte mich lieber zurück, um Esthers Redefluss nicht zu unterbrechen.

»Er ist wegen seiner nudistischen Züge aus sämtlichen WGs geflogen, hatte irgendwann keine Wohnung mehr und als überzeugter Anhänger der Freikörperkultur auch keinen Job. Denn wer stellt schon einen Menschen ein, der nur äußerst ungern Kleidung trägt?«

»Ach, arbeitslos ist Simon auch noch. Das wird ja immer besser«, lache ich hämisch und schlage mir mit der flachen Hand auf den Oberschenkel.

»Na, hör mal. Weißt du, wie schwer es ist, mit einer pathologisch attestierten, nudistischen Ausprägung eine Anstellung zu finden?«, blafft Esther.

»Pathologisch nudistisch? So was attestieren Ärzte?«

»Selbstverständlich, es ist eine ernst zu nehmende Krankheit. Und wo soll man mit so einem Handicap in Deutschland Arbeit finden, frag ich dich.«

»In Swingerclubs oder auf FKK-Campingplätzen vielleicht?«

»Philip, das ist nicht witzig. Von seiner Vestiphobie hat er dir ja bestimmt schon erzählt, oder?«

»Was für 'ne Phobie?«

»Vestiphobie – Angst vor Kleidung, ganz seltene Sache. Kommt auch von seiner frühkindlichen Baumwollunverträglichkeit.«

»Mama, das ist doch alles Schwachsinn.«

»Das ist kein Schwachsinn!«

»Und weil der Typ weder Geld, Kleidung, Wohnung noch Job hatte, dachtest du dir: Super, so einen Traumprinzen nehme ich gleich mit nach Hause.«

»Ja, so ähnlich«, antwortet sie und ignoriert meine Ironie. »Ich habe ihn gefragt, ob er nicht bei mir einziehen will, genug Platz hatte ich ja. Denn hier bei mir kann er einfach er selbst sein. Und mal ehrlich, gibt es etwas Schöneres, als täglich diesen Knackarsch zu bewundern?«

»Da würde mir so einiges einfallen.«

»Und aus dieser ersten Notlösung ist dann mit der Zeit Liebe geworden. Richtig feste Liebe. Auch sexuell geht bei uns die Post ab, wie bei zwei Kaninchen im Frühling.«

»Mama, sofort stopp! Das ist absolut ekelhaft!«

Dass Esther immer wieder auf Sex zu sprechen kommt, ist eindeutig ihrer beruflichen Vergangenheit geschuldet. Schon früher wurde bei uns am Tisch permanent über Sex gesprochen, egal, ob wir unter uns waren oder Schulfreunde von mir mit dabeisaßen.

Die waren nach den Gesprächen oftmals so verstört, dass hinterher aufgebrachte Eltern bei uns anriefen, weil ihre Söhne sie mit Fragen zu menschlichen Fortpflanzungsprozessen löcherten – und dazu reges anatomisches Interesse an ihren eigenen primären Geschlechtsmerkmalen zeigten.

»Was ist denn an Sex so ekelhaft?«, nimmt Esther den Diskussionsfaden wieder auf. »Sex ist etwas Grundnatürliches. Jeder liebt Sex, jeder hat Sex, aber keiner will darüber reden.«

»Keiner will mit seiner Mutter über Sex reden, das ist ein großer Unterschied. Schon gar nicht, wenn sie mit einem zwanzig Jahre jüngeren arbeitslosen Exhibitionisten ins Bett steigt.«

»Simon ist kein Exhibitionist!«

»Was denn sonst?«

»Habe ich doch gesagt: Ein Mensch mit pathologisch attestierter nudistischer Ausprägung. Oder meinetwegen auch mit einer naturistischen Neigung, nebst Textildermatitis und Vestiphobie. Aber er ist kein Exhibitionist, merk dir das!«

»Wie dem auch sei … Jedenfalls fütterst du diesen Pleitegeier auch noch durch?«

»Nicht in so einem Ton, Philip! Ja, Simon wird von mir unterstützt, aber dafür ist er mir auch eine Riesenhilfe im Haushalt. Er kocht, putzt und bringt alles auf Vordermann. Der ausgebaute Dachboden, die Garagen, der Eingangsbereich, das neue Bad … hat alles er gemacht.«

»Und wo hast du dieses Kind her?«

»Dieses Kind«, imitiert sie mich, »heißt Till.«

»Gut, wo hast du Till her? Soviel ich weiß, nennt er dich Oma, Jule ist aber nicht seine Mutter und Simon nicht sein Vater. Ist er etwa ein Pflegekind?«

»Nein, Till ist kein Pflegekind, er wohnt hier, genauso wie Simon.«

»Hast du den Jungen etwa adoptiert?«, frage ich entrüstet.

»So ein Blödsinn. Er hat doch seine Mutter …«

»Die im Restaurant arbeitet? Mensch, Mama, lass dir doch nicht jedes Wort aus der Nase ziehen.«

»Ja, die im Restaurant arbeitet und natürlich auch hier wohnt. Bei ihrem Sohn. Ist doch klar.«

Nichts ist klar. Ich trinke den Rest meiner Bierflasche in einem Zug leer und fasse meinen emotionalen Grundzustand folgendermaßen zusammen: RÜLPS!

Kapitel 8

Wir werden plötzlich durch einen lauten Schlag aus dem ersten Stock aufgeschreckt. Eindeutig, das muss die Tür meines alten Kinderzimmers gewesen sein, die soeben heftig ins Schloss flog, ein Knall, der mir immer noch sehr vertraut ist. Denn unzählige Male habe ich als Kind mit genau diesem Türenschlagen versucht, Esther und Jule klarzumachen, dass sie mich mal kreuzweise können. Genutzt hat es nie.

Oben im Flur werden Schritte hörbar, es knarzt und rasselt, als würde uns Hui Buh persönlich einen Besuch abstatten.

»Was ist das?«, flüstere ich leise zu Esther, während das klappernde, klirrende Geräusch immer näher kommt.

»Wart's ab«, ächzt sie und macht keinerlei Anstalten, der schleichenden Bedrohung aus dem ersten Stock entgegenzutreten. Da! Erste Schritte auf der Treppe, die klingen, als würde jemand auf Stelzen die Stufen heruntersteigen. Dann wieder Rascheln, weitere Schritte. Ich blicke gebannt auf die Treppe, während sich meine Mutter auf ihrem Stuhl im Schneidersitz einrichtet, die Daumen und Zeigefinger beider Hände zu einem Kreis formt und die Augen schließt.

»Mama!«, zische ich alarmiert. »Wer ist das?«, doch Esther reagiert nicht.

Wieder Schritte, klock, klock, klock, bis endlich zwei Glitzerschuhe auf den oberen Treppenstufen sichtbar werden. Dann, nach weiteren majestätischen Schritten, blitzt mir eine funkelnde Abendgarderobe entgegen, die das einfallende Licht wie eine Discokugel reflektiert. Wow, das muss die Mutter von Till sein. Ein wahrlich heißer Feger, der da mit laszivem Hüftschwung die

Treppe hinunterstolziert. Doch die Enttäuschung zieht meine Mundwinkel bleischwer nach unten, als bei den letzten Treppenstufen das Gesicht der Grazie sichtbar wird. Dort am Geländer steht nämlich keine bombastische Schönheit, keine verführerische Femme fatale, sondern eine grotesk geschminkte, mindestens achtzig Jahre alte Frau mit dauergewelltem, schlohweißem Haar.

»Mama!«, wispere ich, »da ist jemand! Und das ist ganz bestimmt nicht Tills Mutter«, aber Esther rührt sich keinen Zentimeter und verharrt in ihrem Schneidersitz wie ein ausgeschalteter Roboter.

Die offensichtlich verwirrte alte Lady hüstelt am Treppengeländer, setzt eine theatralische Miene auf und kämpft sich mit künstlicher Schwere die letzten Stufen hinab. Wie ein geprügelter Hund guckt sie erst zu mir, dann zu Esther, erschauert, neigt ihren Kopf pathetisch zu Boden und stützt sich stärker auf das Treppengeländer. Bevor die Oma gleich vor meinen Augen zusammenbricht, springe ich auf, um ihr zu Hilfe zu eilen, doch mit einer energischen Geste wehrt sie mich ab. Ich stakse zurück zu meinem Stuhl, denn offensichtlich ist die Dame gar nicht hilfsbedürftig, vielmehr spielt sie nur irgendeine Rolle. Allerdings ist die Darbietung gruseliger als die Schauspielleistung, die man üblicherweise aus RTL2-Vorabendsendungen kennt, insbesondere, als die Alte mit krächzender Stimme unerwartet anfängt zu singen:

»Mooooooondschein, dreh dich um, schau zum Mooooooondschein,

die Erinnerung füüüüührt dich, komm mach auf und tritt ein,
findest du doooooort, die wirkliche Bedeutung von Glüüüüüüück,
ist ein neues Leben dein …«

Oh, mein Gott, singt die etwa Memory von Cats? Das Lied ist doch aus diesem furchtbaren Musical, in dem alberne Katzen auf einer Müllkippe herumspringen. Entsetzlich. Dieser Song gehört definitiv zu den schlimmsten Liedern des Planeten, gleich nach »My Heart Will Go On« von Celine Dion und »I Will Always Love You« von der zum Glück mausetoten Whitney Houston.

»Troooooooooooeume, unter leuchtendem Mooooooondschein …« Diese krähende Nervstimme ist kaum auszuhalten, lieber würde ich stundenlanges Gabelkratzen auf einer Schiefertafel ertragen.

»… lass doch daaaaamaaaals heute sein.«

In der nun folgenden kurzen Gesangspause stoße ich Esther so hart von der Seite an, dass ich fast befürchte, sie würde seitlich vom Stuhl kippen. Aber Esther zuckt nicht einmal mit der Wimper. Das Mütterchen indes humpelt affektiert mit grimmigem Blick die paar Meter durch den Flur, bis sie unter scheinbar endloser Erschöpfung leidend an der Küchentür zum Stehen kommt. Sie hebt wieder den Blick, guckt wie ein Schaf im Regen, um dann in höchster Emphase die nächste Verszeile zu schmettern.

»Spuuuuuuren duuuuuuunkler Taaaaage ziiiiiiehen düüüüüüster uuuuum die Mauern« – Aufhören! Aufhören! Kann man die Alte irgendwie abstellen?

Sie holt kurz Luft, ehe sie sich in kreischiger Tonlage zum Rest der Strophe versteigt:

»Ein Liiiicht erliiiischt noch eine Naaaacht, verliert siiich im faden Morgengrauuuuuuuuuuuuen.« Ja, in der Tat, ein Grauen. Nichts anderes ist das hier, aber zumindest scheint das Lied mit diesem alles sagenden letzten Wort vorbei zu sein. Die Oma rafft ihre Robe, stöckelt zur Anrichte, als sie urplötzlich wieder mit markerschütternder Lautstärke zur nächsten Strophe ansetzt. Glücklicherweise löst sich Esther bei den ersten Tönen aus ihrem Schneidersitz, öffnet die Augen und ruft bestimmt: »Bella, ist gut jetzt!«

Abrupt stoppt die Dame ihre Darbietung, nimmt für ein paar Sekunden eine normale, aufrechte Haltung ein und verbeugt sich schließlich mit einem ehrwürdigen Knicks in verschiedene Richtungen. Dabei geht sie so tief zu Boden, dass ich fürchte, sie könne jeden Moment vornüberfallen oder durch ihre verdrehten Knicks-Beine einen Oberschenkelhalsbruch erleiden. Schließlich erblickt sie Esthers Strauß auf der Spüle, schreitet gemächlich darauf zu und nimmt die tropfenden Blumen aus dem Wasser.

»Ach, das wäre doch nicht nötig gewesen«, lacht sie manieriert, hält den Strauß in der Hand und posiert, als würden gerade Hunderte von Paparazzi über sie herfallen.

»Wo waren wir?«, fragt Esther ungerührt und gießt sich etwas Kaffee nach.

Ich bin sprachlos. Mit offener Kinnlade beobachte ich die sich keck vor dem Spülbecken zierende alte Dame.

»Mach den Mund zu, wir sind hier nicht beim Kieferorthopäden«, grient Esther und kichert über ihre eigene Volte. »Das ist Bella. Also eigentlich Grizabella, wie diese Katze aus dem Musical, aber wir dürfen sie Bella nennen.«

»Die heißt mit echtem Vornamen Grizabella?«, frage ich ungläubig.

»Nein, sicher nicht, aber keiner von uns weiß, wie sie wirklich heißt. Sie selbst hat ihren Namen vermutlich auch schon vergessen.«

»Und die wohnt hier?«, frage ich.

»Na klar, wo denn sonst? «

»Im Altersheim, zum Beispiel!«

»Nein, auf keinen Fall. Da kommt sie ja her. Ich habe Bella damals durch Zufall beim Pilzesammeln im Wald aufgelesen, als sie vollkommen verwirrt, nur mit einem Nachthemd bekleidet, aus ihrem Altersheim geflohen war. Und weißt du, warum? Weil sie dort die ganze Zeit an ihrem Rollstuhl festgebunden wurde, Tonnen von Medikamenten zur Beruhigung schlucken musste und das alles, obwohl sie bei bester körperlicher Gesundheit war. Menschenunwürdig, sage ich dir, menschenunwürdig. Nein, dahin konnte ich Bella auf keinen Fall zurückbringen.«

»Und dann hast du sie einfach mit nach Hause genommen wie deinen nackten Liebhaber?«

»Ganz genau. Ich habe mich natürlich um alle Betreuungs- und Fürsorgepflichten gekümmert, musste dann noch einen kleinen Rechtsstreit abwehren, weil mich Bellas Altenheim wegen Entführung verklagt hatte. Ging aber alles zum Glück glimpflich aus.«

»Moment mal, du hast alle Fürsorgepflichten übernommen? Das heißt, du bist ihre amtliche Betreuerin?«, frage ich entgeistert.

»Ja. Wo ist denn das Problem?«

»Du kennst diese Person doch gar nicht!«

»Ich habe mich auf mein Bauchgefühl verlassen und das hat mir gesagt: Bella ist ein guter Mensch.«

Mir bleibt die Spucke weg. Ihr Samaritertum in allen Ehren, aber neben Mutter, Kind und Liebhaber auch noch eine pflegebedürftige Frau bei sich aufzunehmen, ist nicht nur naiv, das grenzt schon an Wahnsinn.

»Ich hatte doch genug Platz im Haus und damit endlich eine sinnvolle Beschäftigung.«

»Mama. Du bist vollkommen übergeschnappt. Hast du dir mal die Konsequenzen überlegt?«

»Welche Konsequenzen?«

»Dass eine geistig verwirrte Frau in deinem Haus wohnt, die dir möglicherweise die ganze Bude abfackelt. Außerdem kann sie nicht singen!«

»Sie trifft heute vielleicht nicht mehr jeden Ton, aber immerhin war sie früher mal Musicaldarstellerin.«

Eigentlich bin ich davon ausgegangen, dass wir in Bellas Anwesenheit offen über sie reden können, da sie dauerhaft in ihrer Parallelwelt schwelgt. Umso mehr bin ich erstaunt, als sie sich plötzlich aus ihrer Foto-Pose zu uns umdreht und hellwach, mit gespreizter Stimme klarstellt:

»Ich war keine Musicaldarstellerin, liebste Esther. Ich bin es. Vor euch steht die Erstbesetzung der Hauptrolle Grizabella aus dem Musical Cats, vergesst das nicht, Kinderchens!«

Esther rückt mit ihrem Stuhl etwas näher an mich heran und hält sich beim Sprechen die Hand vor den Mund. »Ganze zwei Monate hat sie die Rolle gespielt, dann ist sie wegen Trunksucht aus dem Ensemble geflogen. Der Eierlikör war schuld.«

»Na, na, na! Was hören meine Katzenöhrchen da? Lügen! Nichts als Lügen! Grizabella ist eine verkommene Glamourkatze, die kann man nur betrunken spielen. Das hat mir Sir Andrew Lloyd Webber höchstpersönlich gesagt. Au-then-ti-zi-tät nennt man das, liebe Kinderchens. Aber das haben die Hornochsen vom

Theater bis heute nicht begriffen …« Sie schwingt ihren herabbaumelnden Glitzerschal zurück auf die Schultern und tänzelt durch die Küche. Als hätte ihr das Sandmännchen Traumsand in die Augen gestreut, ist Bella mit einem Mal wieder ganz in ihrem Universum versunken.

»Mama, diese Frau ist total verrückt! Die kannst du doch nicht hier wohnen lassen.«

»Ach was, sie hat auch durchaus ihre hellen Momente. Du hast gerade einen solchen erlebt.«

»Das ist unverantwortlich. Sie braucht doch dringend Hilfe.«

»Bella braucht keine Hilfe. Maximal Nachhilfe, im Gesang.«

»Aber in diesem Haus wohnt doch auch ein Kind. Da kann doch sonst was passieren …«

»Das stimmt allerdings. Wir lassen Bella und Till wirklich ungern allein. Beim letzten Mal hat die Polizei beide aufgegabelt, als sie mit Strumpfhosen über dem Gesicht sämtliche Kaugummi-Automaten im Viertel geknackt haben.«

»Du machst Witze, oder?«

»Nein, keineswegs. Ach, da gibt es Geschichten, sag ich dir … Ich weiß noch, als der Filialleiter hier anrief, weil Bella und Till im riesigen Abfallcontainer vom Supermarkt feststeckten. Sie haben dort nach irgendwelchen Zutaten für Bellas Kohleintopf gesucht. Ach, und einmal kamen wir nachts zurück und ertappten beide unten im Keller, mit Taucherbrille im Gesicht, beim Versuch Schnaps zu brennen.«

Mir bleibt das Lachen im Halse stecken. Zum Glück klingelt in diesem Moment das Telefon.

»So, jetzt wird erst mal Kuchen gegessen. Philip, geh bitte ans Telefon, ich hole derweil die beiden Raufbolde aus dem Garten. Bella, huhu, Bella, ja, hallo, hier sind wir, setz dich schon mal an den Tisch, wir wollen jetzt Kaffee trinken.«

Mit einer affektierten Bewegung legt sich Bella den Handrücken auf die Stirn und deutet einen Ohnmachtsanfall an. »Manfred!«, ruft sie mir plötzlich zu und deutet mit dem ausgestreckten Zeigefinger auf mich. »Falls Andrew am Telefon ist, sage ihm, ich habe Kopfschmerzen und bin nicht zu sprechen.« Sie neigt ihren Kopf demonstrativ zur Seite und stößt einen lauten Seufzer aus. Esther ignoriert meinen fragenden Blick und winkt ab. »Till! Simon! Reinkommen, Kaffeetrinken«, brüllt sie in den Garten. Ich gehe in den Flur, wo das waldgrüne Tastentelefon mit Spiralkabel steht.

»Ich stehe für ein Bühnen-Comeback nicht zur Verfügung, sag ihm das«, krakeelt mir Bella aus der Küche hinterher. »Da kann er mir noch so oft seine Liebe gestehen, ich verschwende mich nicht mehr am Broadway. Sag ihm das, Manfred. Los.«

Kopfschüttelnd nehme ich den Hörer ab, melde mich mit Vor- und Nachnamen und bin fast ein wenig enttäuscht, dass nicht Andrew Lloyd Webber am Telefon ist, sondern nur jemand von den Stadtwerken.

Kapitel 9

So viel steht fest: Das kleinste Problem in diesem Haus ist die Begleichung einer horrenden, seit Monaten ausstehenden Strom- und Heizkostennachzahlung an die Stadtwerke. Viel schlimmer ist, dass Esther unser Zuhause in eine Klapsmühle verwandelt hat, auch wenn sie das Zusammenleben euphemistisch als Mehrgenerationenwohnen bezeichnet. Ich finde, der Begriff Degenerationenwohnen würde besser passen.

Allen voran: Bella, die nicht nur mein altes Kinderzimmer in Beschlag nimmt, sondern mich unbeirrbar mit ihrem ehemaligen Liebhaber Manfred verwechselt, einem Buchhalter. Mehrmals bläue ich dieser Frau am Kaffeetisch ein, dass ich Philip heiße, nicht Manfred. Auch Esther versucht ihr dunkles Oberstübchen zu beleuchten:

»Das ist Philip, Bella. Mein Sohn.«

»Dieser missglückte Bengel aus Amerika? Nein, das da ist Manfred, und ich sage euch, Kinderchens, im Bett ist er ein Ass.« Dann schnalzt sie frivol mit dem Gebiss und isst genüsslich ihren Kuchen.

Die anschließende peinliche Gesprächspause weiß Till wiederum für sich zu nutzen: »Warum hat Phülüp eigentlich Uhu in den Haaren?«, fragt der Racker frech in die Kaffeerunde und erntet großes Gelächter.

»Till, das ist kein Uhu, das ist Gel«, sagt Esther. »Das schmiert sich Philip in die Haare, damit er noch schöner aussieht.«

Mir reicht's. Ich nehme mein Bier und setze mich unter den Haselnussbaum in den Garten. Dieser ganze Haufen geht mir einfach komplett auf den Zeiger.

Nachdem später die Kaffeetafel abgeräumt ist, kehre ich zum Tisch zurück und klappe meinen Laptop auf, um endlich mit der Arbeit zu beginnen. Esther verfrachtet noch das letzte Kuchenbesteck in den Geschirrspüler, Bella sitzt mir gegenüber und spielt mit sich selbst eine Partie Memory. Ich wage nicht zu ergründen, ob sie das Spiel als eine Art Gedächtnistraining nutzt oder ob sie es einfach nur mag, weil Memory der Name ihres Lieblingslieds aus Cats ist.

Für die Anmeldung im Computersystem und für den Zugriff auf die Unterlagen vom Büro-Server warte ich auf ein WLAN-Signal. Und warte. Und warte …

Ich starte die Netzsuche erneut, warte, warte und warte … aber nach wie vor kein WLAN-Zeichen. Mir schwant Böses. »Mama, sag mal, habt ihr hier etwa kein Netz?«

»Wenn du Internet meinst, nein, das haben wir natürlich nicht. Wegen der Strahlung.«

»Welche Strahlung?«

»Na, mit Internet hast du permanenten Elektrosmog um dich herum und lebst quasi in einem elektromagnetisch verseuchten Feld. Das ist wie mit Handys. Danke. Ohne uns.«

Hält sich meine Mutter eigentlich jeden Morgen eine Hypnosescheibe vor das Gesicht, um sich ihre Tagesdosis Gaga abzuholen? Anders kann ich mir diese Schrullen langsam nicht mehr erklären.

Zum Glück nehme ich auf Reisen aber nicht nur standardmäßig alle möglichen Adapter und Ladekabel mit, sondern natürlich auch einen Surf-Stick. Dafür klopfe ich mir selbst auf die Schulter, denn ohne Internet wäre die Katastrophe jetzt endgültig perfekt.

Apropos Katastrophe: Die Haustür wird aufgestoßen, jemand stellt Plastiktüten ab und streift sich die Schuhe von den Füßen.

»Du wolltest doch die ganze Zeit wissen, wer Tills Mutter ist. Da ist sie«, sagt Esther, wickelt die Kuchenreste in Frischhaltefolie ein und deutet zur Tür.

Stimmt, die Klärung dieser Frage ist in dem ganzen Durcheinander vollkommen untergegangen.

»Na, geh schon!«, fordert mich Esther auf. »Es ist eine Überraschung.«

Ich runzele die Stirn. Überraschung? Jeder, der mich kennt, weiß, dass ich Überraschungen nicht ausstehen kann. Von Überraschungspartys bis Überraschungsei, ich hasse einfach alles, was mit dem Ü-Wort beginnt. Es ist doch viel schöner, wenn man sich auf die Dinge vorbereiten kann, wenn alle Einzelheiten von A bis Z durchgeplant sind. Wer braucht schon den Nervenkitzel, den Surprise-is-nice-Faktor? Ich jedenfalls nicht.

Nun gut, ich trabe langsam zur Küchentür, gucke durch den Flur und als ich sehe, wer sich da gerade an der Garderobe zu schaffen macht, bleibt mir fast das Herz stehen. Wären meine Haare nicht mit Gel fixiert, sie würden mir jetzt buchstäblich zu Berge stehen.

»Merle? Du?«

Merle und ich waren über drei Jahre ein Paar. Zusammengebracht hat uns der Zufall, denn wir studierten nicht nur an derselben Uni, sondern wohnten auch noch in derselben Straße, im selben Haus, auf derselben Etage. Eines Abends, mitten in der Klausurenphase, klingelte Merle bei mir, um sich als neue Nachbarin vorzustellen. Wir kamen sofort ins Gespräch und weil es irgendwann zu anstrengend wurde, im Treppenhaus alle vier Minuten den Lichtschalter zu betätigen, haben wir unsere Unterhaltung einfach bei mir im Wohnzimmer fortgesetzt. Wir einigten uns, dass es keinesfalls spät werden dürfe, weil wir beide am nächsten Tag Prüfungen zu schreiben hatten. Aber nachts um drei, als die vierte Flasche Rotwein zur Neige ging, war nichts mehr von diesem Plan übrig. Wir diskutierten angeregt, lachten viel und sagten uns ein paar schmeichelhafte Dinge. Und spätestens an diesem Punkt wusste ich: a) ich habe mich Hals über Kopf verliebt und b) der nächste Morgen wird die Pest. Das wurde er auch, allerdings durch den Umstand gemildert, dass ich neben Merle aufwachen durfte. Und zwar für die nächsten drei Jahre.

Direkt nach meinem Studienabschluss bekam ich dann aber

das Angebot, zu einer großen Investmentbank nach New York zu gehen. Ich habe hin und her überlegt, ehe ich zu dem Schluss kam, dass ich mir so eine einmalige Chance nicht entgehen lassen darf. Damit zog ich gleichzeitig den Zonk für unsere Beziehung, denn Merle hatte schon zuvor kategorisch ausgeschlossen, mich in die USA zu begleiten. So hatten wir noch einmal klassischen Abschlusssex, ehe ich meine Koffer packte und nach New York zog. Leicht gefallen ist mir dieser Schritt nicht und natürlich gab es viele schwache Momente, in denen ich wehmütig an unsere gemeinsame Zeit zurückdachte. Insbesondere, weil Merle jeglichen Kontakt zu mir abblockte. Bis heute. Bis jetzt.

»Sorry für die Verspätung. Ich hatte eine blöde Sonntagsschicht.« Merle ist offensichtlich kein Stück überrascht, mich hier zu sehen. Sie geht einen Schritt auf mich zu, wirft ihren Pferdeschwanz zurück in den Nacken und lächelt. Es ist nicht von der Hand zu weisen: Merle sieht immer noch fantastisch aus. Kein unterernährter Hungerhaken, sondern eine Frau, die was isst. Auch die paar Falten um Augen und Mund stehen ihr gut – die waren beim letzten Mal noch nicht da.

»Tach! Jetzt noch mal richtig«, sagt sie und hält mir burschikos die Hand zum Gruß hin. Es ist ja eigentlich albern, sich nach einer beendeten Beziehung mit einem bloßen Händedruck zu begrüßen, wenn man sich früher wie selbstverständlich umarmt hat. Andererseits bin ich ihr für diese klare Geste und den Abstand dankbar. So stehen wir beide voreinander und hätten uns eigentlich so viel zu sagen, bringen aber beide kein Wort über die Lippen.

Ruckartig löst Merle unsere Hände und lässt den Blick in den Garten schweifen, wo Till und Simon wieder lautstark ihr Fangspiel aufgenommen haben. Sie läuft, ohne mich weiter zu beachten, ins Wohnzimmer und stellt sich in die Terrassentür. »Hey, ihr zwei Süßen, Mami ist wieder da.« Till saust ihr daraufhin freudestrahlend entgegen, klammert sich an sie und kuschelt seinen Kopf an ihren Oberschenkel. Simon kommt dazu, umarmt Merle mit einem Kuss auf die Wange und alle drei strahlen, als hätten sie Polonium verschluckt. Nur ich strahle nicht.

»Na, habt ihr euch wiedererkannt?«, flötet mir Esther zu, als ich in die Küche zurückkomme und sie gerade dabei ist, allerlei bunte Medikamente aus den Blisterverpackungen zu drücken.

Ich versuche ruhig zu bleiben und mich nicht erneut in den Katastrophenstatus reinzusteigern, wenngleich ich brodele wie ein Vulkan.

So ruhig und gefasst wie möglich frage ich: »Haben wir jetzt alle zusammen? Oder hast du hier noch weitere Leute versteckt?«

»Wir sind komplett. Ach so, im Garten wohnt noch Hildegard.«

»Die kenne ich schon«, sage ich bissig. »Mama, kannst du mir bitte erklären, was dieses Theater hier soll?«

»Was denn für ein Theater?«

»Du stellst mir deinen neuen spleenigen Liebhaber vor, hast dir eine Verrückte ins Haus geholt und lässt auch noch ausgerechnet meine Ex-Freundin bei dir einziehen. Mit ihrem Sohn, von dem ich nichts wusste. Was ist hier eigentlich los?«

»Das nennt sich Leben«, lacht sie.

Aus dem Augenwinkel sehe ich, dass Merle mit verschränkten Armen im Türrahmen lehnt und uns beobachtet.

Ich trete einen Schritt zurück und drehe mich zu ihr. »Merle, kann ich bitte kurz allein mit meiner Mutter reden?«

»Hier gibt es keinerlei Geheimnisse, Philip. Merle kann ruhig bleiben«, sagt Esther, während sie die Tabletten in die Tagesfächer einer Dosierungsbox sortiert, die aussieht wie ein Adventskalender von Ratiopharm.

»Mama, du hattest einen Herzinfarkt. Du brauchst Ruhe. Und keinen Menschenauflauf um dich herum. Nimm doch bitte Vernunft an!«

»Ich bin vernünftig. Zu einhundert Prozent.«

»Nein, das bist du nicht.«

»Und was sollte ich deiner Meinung nach tun?«

»Du musst dich erholen. Wie willst du denn schnell wieder auf die Beine kommen, wenn du mit einer Horde …«, mir liegt das Wort »Irrer« auf der Zunge, »... Menschen unter einem Dach lebst? Bitte deine Freunde zu gehen ... Am besten sofort.«

»Nein, Philip, das tue ich nicht.«

»Und warum nicht?«

»Weil wir zusammengehören. Wir alle. Wir sind eine Familie!«

»Wir sind eine Familie«, fällt Merle mit ein.

»Wir sind eine Familie«, plappert nun auch Bella nach, während sie weiterhin ihre Memory-Karten auf und zu deckt. Die drei Frauen werfen sich einen kurzen Blick zu und grinsen verschwörerisch wie Schulkinder.

»Esther, wir haben uns noch gar nicht richtig begrüßt. Komm mal her ...«, sagt Merle und umarmt meine Mutter. »Erzähl! Was haben die Ärzte bei der Abschlussvisite gesagt?«

Als Esther nun detailliert wie bei einem Sozialpädagogen-Stammtisch ihren Gesundheitszustand ausbreitet, adressiert sie mehrfach in meine Richtung, dass sich Simon, Merle, Till und Bella vorbildlich im Krankenhaus um sie gekümmert hätten. Denn Teile ihrer eigenen Brut hielten es ja erst nicht für nötig, die sterbenskranke Mutter am Krankenbett zu besuchen. Ja, ja, ich stehe mal wieder da wie der böse Wolf, der die sieben Geißlein gefressen hat. Schon klar.

Kapitel 10

Als ich damals im Studium Merle meiner Mutter vorstellte, waren sich beide auf Anhieb sympathisch und nannten sich gleich wie selbstverständlich beim Vornamen. Ich hingegen habe Merles Eltern fortwährend gesiezt, was ich aber auch als viel angenehmer und respektvoller empfand. Esther hatte zu dieser Angelegenheit natürlich ihre ganz eigene Meinung. Sie ließ sich schon zu Schulzeiten von meinen Freunden duzen, denn sie hielt nichts vom distanzierten »Sie«. Diese Einstellung beschränkte sie im Übrigen nicht nur auf meine Freunde, sondern sie duzte auch im Gegenzug hemmungslos Ärzte (»Die werden doch von meinen Beiträgen bezahlt«), Polizisten (»Natürlich sage ich Du zu meinem Freund und Helfer«) und Politiker an Wahlständen (»Die wollen doch meine Stimme!«). Aber das Schlimmste waren früher die Elternsprechtage im Gymnasium. Hier hat meine Mutter mich immer mitgeschleppt, weil sie die Auffassung vertrat, man dürfe hinter dem Rücken eines anderen Menschen nicht schlecht über ihn reden, was ich in diesem Fall gar nicht schlimm gefunden hätte. Jedenfalls ergab sich so mehrmals die grenzpeinliche Situation, dass ich meinen Klassenlehrer im Gespräch logischerweise siezte, meine Mutter ihn jedoch duzte, trotz mehrmaliger Aufforderung, dieses zu unterlassen, da er sich andernfalls gezwungen sähe, die Unterhaltung abzubrechen – was aber leider nie geschah. Als Konsequenz daraus habe ich meiner Mutter die Termine für weitere Elternsprechtage immer verschwiegen. Komischerweise hat auch kein Lehrer mehr nach ihr gefragt. Wenn das Duzen Esthers Taktik war, um von meinen Paukern in Ruhe gelassen zu werden, ging diese Rechnung jedenfalls voll auf.

»Habt ihr noch Hunger?«, fragt Merle. »Ich habe was aus dem Restaurant mitgebracht.« Sie holt eine riesige Tupperdose hervor, lupft den Deckel und lässt einen wohlriechenden Essensgeruch im Raum verströmen. »Haute Cuisine. Wer will probieren?«

Die Augen von Esther und Bella werden kuhaugengroß, obwohl sie sich gerade erst ihre Bäuche mit Kuchen vollgeschlagen haben. Mir ist in diesem Zusammenhang unbegreiflich, wie meine Mutter es schafft, bei ihrem hemmungslosen Appetit gertenschlank zu bleiben und auszusehen, als habe sie mit einem Storch gepokert und die Beine gewonnen. Viel schlimmer noch: Warum hat sie diese Gene nur an ihre Tochter weitergegeben, nicht aber an mich?

»Kann man alles kalt essen«, bemerkt Merle und wenige Sekunden später gabeln Esther und Bella schon gierig in die Plastikdose.

»Liebstes, wo hast du denn solch vorzügliches Essen her?«, ruft Bella zu uns in die Küche.

»Aus dem Gemein & Gefährlich, da arbeite ich doch …«

Bella nickt wissend, obwohl ich nicht glaube, dass ihr der Restaurantname irgendwie geläufig vorkommt.

»Gemein & Gefährlich?«, werde ich hellhörig. »Ist das nicht dieses neue Sterne-Restaurant?« Ich habe nämlich zufälligerweise im Bordmagazin des Fliegers darüber gelesen.

»Na ja, ganz so neu ist das auch nicht mehr. Wir hatten vor drei Jahren Eröffnung«, kokettiert Merle und ich merke, dass sie gerne über das Restaurant spricht.

»Das ist doch von diesem Fernsehkoch, oder?«, frage ich weiter, obwohl ich über diese Tatsache dank des Artikels bestens informiert bin.

»Stimmt genau! Kennt man meinen Chef jetzt schon in Amerika?«

»Ja klar, in der Kochszene auf jeden Fall.«

Riesengroßes Selbst-High-Five! Diese Spur verfolge ich weiter.

»Ist da gar kein Fleisch drin?«, tue ich scheinheilig.

»Nein, wir haben eine rein fleischlose Küche und sind eines der wenigen vegetarischen Sterne-Restaurants Deutschlands.«

»Ein vegetarisches Sterne-Restaurant … Stimmt, da gibt es

ja nicht so viele. Nur noch das in München, wie hieß das noch gleich? Ach ja, Rembrandts, wenn ich richtig informiert bin …« Sie nickt und ich sehe eine gewisse Verwunderung in ihren Augen. Den Redakteuren vom Bordmagazin müsste ich nachträglich einen Orden verleihen.

»Und was machst du da? Also im Restaurant?«

»Ich arbeite im Service.«

»Kellnerin?« Meine Gesichtszüge gehen auf Talfahrt. Wozu hat Merle Abitur und Studium absolviert, wenn sie jetzt nur Teller zu irgendwelchen Tischen bringt? »Und was machst du dann als richtigen Job?«, erkundige ich mich und blicke in ein tiefrotes Gesicht. Wenn Merle eine Comic-Figur aus Entenhausen wäre, würde ihr jetzt Dampf aus den Ohren steigen.

»Das ist mein richtiger Job, du Honk.«

Sie rupft ihr Haargummi vom Pferdeschwanz und bindet das Haar neu auf.

»Äh, ach so, na klar. Sorry«, haspele ich und spüre erste atmosphärische Gewitterwolken aufziehen.

»Ich wollte dich eigentlich nie mehr wiedersehen, weißt du das? Aber nachdem ich hier bei deiner Mutter eingezogen bin, war mir fast klar, dass wir uns früher oder später über den Weg laufen würden.«

»Früher oder später ist wohl jetzt«, sage ich und versuche ein Lächeln. »Wieso hast du eigentlich damals all meine Anrufe ignoriert und den Kontakt so radikal abgebrochen? Klingt bescheuert, aber wir hätten doch Freunde bleiben können.«

»›Lass uns Freunde bleiben‹ am Ende einer Beziehung ist so, als würde ich sagen: Dein Hund ist tot, aber du darfst ihn behalten.«

»Ach, so ein Quatsch. Nur weil ich nach New York gegangen bin, heißt das doch nicht, dass du für mich gestorben warst.«

»Du aber für mich. Denn du hast dich für den Job entschieden, gegen mich, gegen uns.«

»Ich konnte mich zu dem Zeitpunkt einfach nicht fest binden, so leid es mir im Nachhinein tut.«

Merle verdreht die Augen. »Ach, spar dir das. Das Einzige, was sich heutzutage noch fest bindet, sind Soßen.«

Es kostet mich einige Anstrengung, nicht zu lachen, diese Art Humor habe ich vermisst.

»Wo ist denn eigentlich der Vater von Till?«, frage ich. Merle schaut nach draußen in den Garten, wo Till und Simon sich quiekend mit einem Gartenschlauch nass spritzen.

»Der Vater ist ein Mistkerl. Kein Vorbild für meinen Sohn.«

»Okay. Und seht ihr euch trotzdem noch? Also, besucht er Till ab und zu?«

»Nein, wir haben keinen Kontakt mehr und das soll auch so bleiben. Ich weiß, dass er kein guter Vater wäre.«

Wow, das imponiert mir irgendwie. Keine Wehklagen über das Schicksal als Alleinerziehende, sondern eine Frau, die sich bewusst für ihren eigenen Weg entscheidet.

»Absolut richtig. Das würde ich in deinem Fall genauso machen«, sage ich und kann mich gerade noch zurückhalten, ihr anerkennend auf die Schulter zu klopfen.

»Danke, Bänkerchen.« Sie lächelt. Und ich bin sprachlos, leider so sprachlos, dass eine unangenehme Stille im Raum eintritt.

Normalerweise kann ich mit Gesprächspausen ganz gut umgehen, aber jetzt wackele ich nervös mit dem Knie, weil es mir nicht gelingt, schnell genug Fragenmunition nachzuladen. Unser Gespräch soll noch ein wenig weitergehen, ich will noch mehr über Merle wissen, auch wenn sie sich gerade zum Gähnen die Hand vor den Mund hält.

»Spielst du eigentlich immer noch Handball?«

»Nee, aufgehört. Als Till da war, habe ich es einfach nicht mehr geschafft.«

»Und was machst du sonst noch so, neben Job und Kind?«

»Ist das hier 'ne Fragestunde?«

Ich grinse. »Klaro. Wir haben mehr als fünf Jahre aufzuholen.«

Sie lächelt erneut. »Das wirst du sicherlich nicht verstehen, aber ich mache Yoga.«

»Was soll ich denn daran nicht verstehen? Yoga ist doch super.«

»Lachyoga!«

»Lachyoga?«, feixe ich. »Geiler Witz.« Mit Blick auf Esther flüstere ich: »Sag das bloß nicht zu laut, meine Mutter würde sich glatt bei so einem Mist anmelden.«

»Das war kein Witz, Philip. Ich mache wirklich Lachyoga, immer dienstags. Deine Mutter macht auch mit.«

Plötzlich legt Bella ihre Gabel weg und schlägt mit der flachen Hand auf den Tisch: »Estherchen, den Rest kannst du aus der Schale kratzen, mir reicht's. Ich brauche jetzt erst mal einen Verdauungsspaziergang. Wenn ihr mich sucht, ich bin drüben im Antiquitätenladen.« Sie schiebt ihren Stuhl quietschend vom Tisch zurück und stiefelt in ihren Glitzerschuhen weiter ins Wohnzimmer. Wo gibt es denn hier in der Nähe einen Antiquitätenladen?, frage ich mich. Doch das Thema klärt sich, als Bella nach wenigen Metern haltmacht und intensiv die Lampe begutachtet, die auf dem Wohnzimmertischchen steht. Sie dreht und wendet das Stück und sagt schließlich: »Ich hasse es, wenn sie in diesen Ramschläden nirgends Preisschilder draufkleben.«

Ich gucke etwas verdutzt zu Merle, dann zu Esther und weiß nicht, ob ich lachen oder besorgt sein soll.

»Sie glaubt nicht ernsthaft, dass unser Wohnzimmer ein Antiquitätenladen ist, oder?«

Esther nickt lässig mit dem Kopf. »Doch, aber nur fünf Minuten. Dann hat sie es wieder vergessen.«

»Und was kommt dann?«

»Das weiß keiner.«

Kapitel 11

Mein Lebensplan sieht ja bekanntlich vor, mit 35 Jahren eine eigene Familie zu gründen. Wobei ich mich bei dem hier vorgefundenen Beispiel frage, ob ich mir mit meinem zusammenfantasierten Idyll nicht mächtig eins in die Tasche lüge. Denn das, was mir in diesem Haus als Familie serviert wird, rangiert eher in der Kategorie ›Familie zum Abgewöhnen‹. Diese Bande wirkt härter und nachhaltiger als jedes Verhütungsmittel. Wer nach einem Besuch hier noch ernsthaft den Gedanken trägt, eine Patchwork-Familie sei etwas Großartiges, dem ist nicht mehr zu helfen. Mein Wunschbild hat Schrammen bekommen, aber ich schiebe diesen Rückschlag dem verunglückten Patchwork-Casting meiner Mutter in die Schuhe. So schnell will ich mich nämlich nicht von meinem Familiengedanken abbringen lassen, denn die eigene Brut ist sicherlich viel zivilisierter, pflegeleichter und weniger chaotisch. Ich kann nur hoffen, im Kinderlotto keine nervenaufreibende Niete zu ziehen, die mich zuerst an den Rand des Wahnsinns kreischt, mir in der Pubertät die Bude auseinandernimmt und dann ohne Schulabschluss eine illustre Knastkarriere startet. Aber Kinderlotto muss ja nicht automatisch Arschkartenziehen bedeuten, man darf ja durchaus auf den Hauptgewinn hoffen. Wenn es mit 35 familientechnisch losgehen soll, verbleiben mir also noch zwei bunte Jahre in Saus und Braus. Ein Blick in meinen Bekanntenkreis verrät mir nämlich, dass mit 35 die Party eh vorüber ist, der Zenit überschritten, der Gigolo-Glamour verblasst und der Weg zur Schnabeltasse vorgezeichnet. Die ersten Falten kommen nicht nur zum Probeliegen, der Rücken zwickt und man beginnt jüngere Männer mit flachen Bäuchen zu hassen. Spätestens jetzt wäre es also an der Zeit für neuen Sinn im Leben und was wäre da passender als eine Familie mit eigenen Kindern?

Als ich die Augen aufmache und auf den Wecker neben meinem Bett schaue, ist es bereits 12.30 Uhr. Keine Ahnung, warum ich so lange geschlafen habe. Ob das Erschöpfung oder Jetlag war? Oder einfach beides? Ich fühle mich jedenfalls von der Nacht kein Stück erholt, sondern eher, als hätte ich mit hundert Russen in der Wüste Gobi ein legendäres Wettsaufen veranstaltet. Meine Kopfschmerzen rühren sicher auch daher, dass ich im Bett meiner Mutter auf einem stinkenden Kräuterkissen geschlafen habe, dessen ätherische Dämpfe mir immer noch die Sinne vernebeln. Aber das Angebot von Simon, in seinem Zimmer und Bett zu übernachten, habe ich sofort abgelehnt. Genauso die Alternative, neben einer 82-Jährigen zu schlafen, die nur darauf wartet, lüstern über ihren Manfred herzufallen – ohne Gebiss, im Seiden-Negligé.

Dösig tappe ich barfuß die Treppe herunter und bin fast ein bisschen gerührt, als ich auf dem Küchentisch ein unbenutztes Gedeck für mich sehe, dazu ein Frühstücksei, Croissants, Marmelade, Butter, zwei Brötchen im Korb und etwas Käse unter einer Frischhaltefolie. Auf dem Tisch stehen Esthers Blumen in voller Blüte und verbreiten einen herrlichen Duft.

Ich setze mich, gieße aus der Thermoskanne Tee ein und streiche eine dicke Schicht Erdbeermarmelade über das Croissant. Auf einem Zettel mit der Handschrift meiner Mutter lese ich, dass sie und Merle einen Großeinkauf machen, dass Simon bei irgendwelchen Nachbarn eine Sauna in den Keller einbaut, dass Till im Kindergarten ist und Bella in ihrem Zimmer Autogrammkarten unterschreibt. Das heißt für mich: endlich Ruhe.

Neben mir schnurrt mein Laptop im Stand-by. Mit einem Tastendruck erwecke ich den Computer wieder zum Leben, schließe den Surfstick an und nehme die Aufgaben für den Tag in Angriff. Während unentwegt Croissant-Splitter auf die Tastatur rieseln, recherchiere ich die besten Einrichtungen zur medizinischen Nachsorge für meine Mutter. Nach wenigen Mausklicks finde ich ein geeignetes Zentrum, das zwar am anderen Ende der Stadt liegt, aber immerhin mit Esthers Krankenhaus kooperiert. Ich schnappe mir das grüne Uralt-Telefon aus dem Flur, wähle die Nummer der Beratungsstelle und kann zu meiner Überraschung noch für heute einen Besuchstermin vereinbaren. Es war allerdings durchaus interessant zu hören, wie die Stimme der renitenten Empfangsschnepfe abrupt ins Freundliche wechselte, als ich zu verstehen gab, sämtliche Arzt- und Pflegekosten privat zu zahlen. Schwuppdiwupp war ein Kennenlerntermin mit dem Chefarzt am Nachmittag möglich, um Esthers Befunde zu besprechen und geeignete Reha-Maßnahmen einzuleiten. Ich komme mir vor wie ein Bond-Bösewicht, der gerade ein korruptes Krankenhaus geschmiert hat, dabei ist das die ganz normale Zwei-Klassen-Medizin in Deutschland. Für meine Mutter wäre ja eigentlich die beste Therapie ein friedliches Zuhause, wo sie sich in aller Ruhe erholen kann – ohne das Generve penetranter Mitbewohner. Denn in diesen grotesken Zuständen kann ja keiner vernünftig gesund werden. Und auf einmal ist mir meine Mission klar: Die Mitbewohner müssen raus. Ausnahmslos. Zur Verteidigung meines Elternhauses, für meinen inneren Seelenfrieden und für das Wohl meiner Mutter. Klingt gut, aber fragt sich nur, wie ich das am besten anstelle.

Beim ersten Biss ins Brötchen fällt mir eine Strategie ein, die ich schon mehrmals angewandt habe, um mit unliebsamen Kollegen zurechtzukommen: Umarme deine Feinde. Ich werde im Internet nachschauen, ob ein schickes Altersheim der Stadt ein Zimmer für Bella frei hat. Vielleicht findet die alles wissende Suchmaschine ja dann auch noch eine Mutter-Kind-Kaninchen-Unterbringung und womöglich lässt sich gar über die Jobbörse des Arbeitsamts herausfinden, ob es für Klamottenphobiker irgendeine sinnvolle Beschäftigung außerhalb des erotischen Sektors gibt. Es wäre doch gelacht, wenn ich die Leute nicht aus dem Haus bekommen würde. Nicht kaltherzig, nicht raubeinig, sondern mit einem freundlichen Schubs, damit die Bagage ihr Leben endlich selbst in die Hand nimmt.

Meine Recherche gestaltet sich leider alles andere als einfach.

Nach einer Stunde habe ich immer noch nichts Vernünftiges gefunden, weder Seniorenheim, Sozialwohnung noch Jobs, und ich stelle ernüchtert fest, dass meine Strategie in diesem Falle gescheitert ist. Na gut, dann wähle ich halt eine andere Taktik und so rufe ich die Operation Kammerjäger ins Leben. Wenn sich die Leute hier schon einnisten wie die Parasiten, dann braucht es eben jemanden, der ihnen den Garaus macht, ein Makler zum Beispiel. Denn machen wir uns nichts vor, für eine herzkranke Frau ist diese Immobilie viel zu groß. Was passiert denn, wenn Simon sich plötzlich aus dem Staub macht und Esther einfach sitzen lässt – die gleiche Nummer hat sie ja mit meinem Vater schon einmal erlebt. Oder wenn Merle mit ihrem Sohn eine schönere Unterkunft als das Dachgeschoss dieses Hauses findet oder Bella irgendwann mal das Zeitliche segnet, dann muss Esther das Haus sowieso verkaufen. Warum diese Tatsache also aufschieben und länger warten, zumal sich aktuell die Häuserpreise in astronomischen Höhen befinden. Wenn Esther sieht, wie viel Kohle sie mit der Bude machen könnte, wäre es immerhin im Bereich des Denkbaren, dass sie von selbst die Mitbewohner rausschmeißt und in eine schicke Seniorenresidenz zieht, mit veganem Menüservice, Theater-Abo und Lesezirkel. Das hoffe ich zumindest.

Ich telefoniere zahlreiche Maklerbüros der Stadt ab, hinterlasse einige Nachrichten auf Anrufbeantwortern und kann immerhin mit einem interessierten Vermittler sprechen. Er wolle morgen mal vorbeikommen, um sich ein eigenes Bild zu machen, sagt er.

Nachdem ich zufrieden das Telefon in den Flur zurückgestellt habe, durchzuckt mich auf dem Rückweg zum Tisch plötzlich ein stechender Schmerz. Ich bin barfuß auf irgendetwas Spitzes getreten. Mit verzerrtem Gesicht ziehe ich mein Knie hoch, um zu prüfen, ob ich unter der Fußsohle blute. Eine eigentlich unmännliche, idiotische Geste, denn in 99 Prozent der Fälle, in denen ich glaubte, schwerstverletzt zu sein, konnte ich noch nicht mal genau die Wunde am eigenen Körper ausmachen. So auch jetzt. Noch während ich auf einem Bein hüpfend einen gelben Legostein als Übeltäter ausmache, trete ich prompt in den nächsten. Wimmernd plumpse ich zu Boden, fasse meine geschundenen Füße und stoße wilde Flüche aus, gegen die Spielwarenindustrie im Allgemeinen, gegen Till im Besonderen. Nach einigen Sekunden, als das Gröbste überstanden ist, humpele ich zurück zum Stuhl, reiße hasserfüllt ein großes Blatt Papier aus Tills Malblock und erstelle eine saftige Liste mit Haushaltsaufgaben. Spielsachen aufräumen steht dort an erster Stelle. Und weil ich so schön in Fahrt bin, ergänze ich auch gleich Rasen mähen, Küche aufräumen, Wohnzimmer saugen, Noten verstauen, Kaninchenfutter wegschaffen, Keller entrümpeln, Flur aufräumen … Damit werden in diesem Haus ganz andere Saiten aufgezogen. Wenn sich diese Menschen hier schon einnisten wie die Maden im Speck, dann sollen sie in diesem Saustall wenigstens für Ordnung sorgen. Die Aufgaben versehe ich noch jeweils mit Namen, Datum sowie uhrzeitgenauer Deadline und hänge die zweiunddreißig Punkte umfassende Liste anschließend mithilfe zweier Fliegenpilz-Magnete an den Kühlschrank.

Im Anschluss habe ich Mühe, mich wieder auf meine Arbeit und E-Mails zu konzentrieren. Normalerweise saugt mich der Laptop förmlich ein, doch irgendetwas ist heute anders. Ich gehe die Zahlen der Finanzanalyse durch, durchforste einige Excel-Tabellen und prüfe die Vertragsbestandteile der Rechtsabteilung. Aber so ganz bei der Sache bin ich nicht. Immer wieder schweifen meine Gedanken ab und ich ertappe mich dabei, schon zweimal unter den Tisch geguckt zu haben, ob Till dort wieder mit seinem Kaninchen lauert. Außerdem wittere ich latent die Gefahr, von einer markerschütternden Gesangsstimme erschreckt zu werden.

Fast bin ich für die Abwechslung dankbar, als oben rechts auf meinem Bildschirm das Chat-Fenster aufblinkt.

»Hey Phil, alles Tittchen in good old Germany?«, schreibt mein deutscher Lieblingskollege Hannes. Leider hat Hannes einen gravierenden Nachteil, nämlich dass er permanent seine Weibergeschichten zum Besten gibt, ungeachtet dessen, ob man sich dafür interessiert oder nicht. Ich kann nur hoffen, dass er sich heute nur nach dem Stand der Dinge erkundigen möchte und nicht beabsichtigt, eine endlose Litanei über seine neuen Bekanntschaften abzuspulen.

Mich hingegen interessiert brennend, ob es Neuigkeiten von meiner Urlaubsvertretung McKay gibt. An ihn habe ich nämlich noch vor dem Wochenende zahllose Aufgaben delegiert, durchaus mit der Intention, ihn damit komplett zu überfordern. Mein Chef soll ruhig sehen, dass seine Entscheidung goldrichtig war, mir die Projektführung des Milliardendeals anzuvertrauen und nicht McKay. Schon seit Jahren herrscht zwischen mir und ihm kollegiale Rivalität um die besten Posten, Projekte und Aufträge. Aber wenn die Verträge nächste Woche unterschrieben sind, kann ich das Kapitel McKay ein für alle Mal zu den Akten legen. In meinen bösen Träumen male ich mir bereits aus, wie ich stolz in meinem neuen ledernen Chefsessel Platz nehme, einen überteuerten, goldfarbenen Stift zücke und McKays fristlose Kündigung unterschreibe.

»Hey«, tippe ich in das blinkende Textfeld zurück, »meiner Mutter geht's besser, allerdings hat sie unser Haus in eine Irrenanstalt verwandelt.«

»Oh, geil. Habt ihr noch einen Platz für mich frei?«

»Du würdest hier bestens reinpassen. Meine Ex-Freundin ist auch da, ein Typ im Unterhöschen, ein Kind und 'ne irre Oma, die Cats-Lieder singt.«

»Boah, nee, lass mal. Ich hab 'ne Katzenhaar-Allergie ;-)«, textet Hannes zurück. »Ex-Freundin? Diese Merle?«

»Exakt. Ich versuche gerade alle vor die Tür zu setzen, damit sich meine Mutter erholen kann.«

»Rischtisch so.«

»Gibt's was Neues bei euch?«

»Ich habe gerade meine maximale Fuckability hergestellt, mit Eiweißshakes und Solarium-Flatrate, denn heute Abend steht ein Tinder-Date an. Drück mir die Daumen.«

»Okay.« Bloß nicht näher auf das Thema eingehen, befehle ich mir, denn ansonsten ist Hannes nicht mehr zu stoppen. Wobei es mir in den Fingern juckt, ihn auf einen seiner letzten Besuche im

Solarium hinzuweisen, wonach seine Gesichtshaut nämlich nicht braun, sondern lila war.

»Die Frau ist der Hammer«, textet er unterdessen weiter. »Groß, blond und versaut, ohne dominant zu sein. Seltene Kombi.«

»Aha.«

»Alter, gib dir das mal: Ihre Mutter ist Schwedin, ihr Vater Italiener. Das ist quasi die Lösung zur sexuellen Quadratur des Kreises.«

Ich poste ein Emoticon zurück, das breitmaulig gähnt. Trotzdem blinkt sogleich die nächste Textzeile auf.

»Okay, wenn ich ehrlich bin, müsste ich noch fünf Kilo abnehmen und mehr Bizeps aufbauen. Kennst du zufällig jemanden, dem ich etwas Arschfett abgeben könnte?«

»Hannes, du klingst wie 'ne Dreizehnjährige, die gerade ihr erstes Date hat.«

»So fühle ich mich auch. Ich hab echt Schiss, dass ich vor Aufregung die Zähne nicht auseinanderbekomme.«

»Na und?«, schreibe ich, »Kartoffelbrei kann auch nicht reden und ist trotzdem beliebt.«

»Brüller! Mit Kartoffelbrei will man auch keinen Sex. Wobei … Wenn ich so darüber nachdenke …«

»Hannes! Stopp! Sag mir lieber, ob es Neuigkeiten vom Projekt gibt.«

»Läuft gut … Fast zu gut. Pass auf, dass McKay dein Projekt nicht komplett übernimmt ;-)«

»Wieso? Was ist los?«

»Der macht gerade Aktenfressen de luxe, arbeitet so lange, bis sich seine Pupillen nach links drehen, und kriecht unserem Chef tief hinten rein, dass er seinen Dickdarm schon auswendig kennt. Das Perverse: Der Boss steht drauf!«

»Es war doch aber Wochenende. Bin doch gerade erst zwei Tage weg.«

»Wir haben am Wochenende durchgeballert.«

»Ah, okay. Nachtschicht, olé, olé. Muss ich was tun? Kann McKay mir noch gefährlich werden?«

»Hör auf zu heulen, Pussy. Oder hast du im Flieger etwa Keinschwanzhase geguckt?«

»Sehr witzig.«

»McKay hängt sich einfach nur rein, um zu zeigen, dass er deinen Job auch kann. Wenn du mich fragst, hat der irgendwas eingeworfen. Rennt mit Dollarzeichen in den Augen rum und benimmt sich auf deinem Bürostuhl wie Dagobert Duck auf Ecstasy.«

»Der sitzt in meinem Büro?«

»Klar, der will schon mal testen, wie es ist, wenn du nicht mehr da bist.«

»Was soll das denn heißen? Wenn ich nicht mehr da bin?«

»Na, wenn du mit deinem Hintern oben in der Chefetage sitzt und mich hier mit diesen Idioten alleinlässt, Blödmann.«

»Hör auf zu heulen, Pussy«, wiederhole ich seine Worte mit einem Smiley. »Wenn ich in der Chefetage bin, wird McKay gefeuert!«

»Yeah, Alter! Das hör ich gerne. Also, mach deine Mutti wieder fit und wir sehen uns Mittwoch zur Vorbesprechung. Ich werde McKay noch ein bisschen ärgern und ihm ein paar Analysen vorenthalten. He, he, he! Natürlich nur unter einer Bedingung: Wenn du Chefchen bist, kriege ich von dir sofort eine fette Gehaltserhöhung.«

»Du kriegst maximal eine Jahreskarte für deine Gemischt-Sauna ;-)«

»Auch 'ne Alternative. Gebongt.«

Kapitel 12

Ich brüte über meinen Unterlagen, als Till mit seinem Roller lautstark über die Verbundsteine vor dem Hauseingang rattert. Ich blicke auf und sehe, wie er unter Tränen seinen Roller in den Vorgarten wirft und seitlich am Haus entlang in den Garten zum Kaninchenstall läuft.

Mist. Gerade noch hatte ich einen superklugen Gedanken, den ich zu Papier bringen wollte, aber sosehr ich mich auch anstrenge, die Idee ist verpufft. Noch schlimmer: Das Wimmern von draußen lenkt mich derart ab, dass ich mich kein Stück mehr auf die vor mir liegende Arbeit konzentrieren kann. Ich versuche sämtliche Tricks, halte mir mit den Zeigefingern die Ohren zu, spreche die Sätze, die ich lese, laut vor mich hin, aber sosehr ich mich auch zwinge, nicht auf das Schluchzen zu hören, es funktioniert nicht. Wieso kann ich mich im Büro zwischen einer lärmenden Testosteron-Horde mit den komplexesten Zusammenhängen auseinandersetzen, aber in diesem Chaos-Haus bin ich nicht mal imstande einen Text durchzulesen. Noch dazu ist mir vollkommen schleierhaft, warum mich auf einmal das Geheule eines Fünfjährigen interessiert. Was soll denn schon passiert sein? Vielleicht ist sein Butterbrot in den Sand gefallen, oder der Turnbeutel hat ein Loch oder sonst irgendwas Unbedeutendes. Aber trotzdem lässt mich dieses nagende Bedürfnis zu wissen, was Till widerfahren ist, einfach nicht los. So stehe ich auf, umschiffe gekonnt einige ausliegende Lego-Tretminen und gehe in den Garten.

»Hey, Kleiner, was ist passiert?«, erkundige ich mich vorsichtig, während Till Hildegard liebevoll das Fell streichelt und leise auf sie einredet.

»Nüüüüüüüchts«, trötet er in meine Richtung. Ich lehne mich gegen den Stall und beobachte von der Seite, wie Tränen über seine Wangen kullern.

»Glaub ich dir nicht. Jungs wie du weinen doch nicht einfach nur so.«

Er zuckt mit den Achseln.

»Ist irgendwas in der Schule passiert?«

»Bün noch nüch inna Schule, sondern üm Kindagarten.«

»Ach so! Für mich siehst du schon aus wie ein richtiges Schulkind.« Puh, mit diesem Kniff habe ich hoffentlich noch mal die Kurve bekommen. »Waren die Erzieher doof zu dir?«

»Nö!«

»Waren die anderen Kinder doof zu dir?«

Keine Antwort. Er schiebt seine Unterlippe schmollend nach oben und dreht sein Gesicht zur Seite.

Treffer. Eins zu null für mich. Vielleicht steckt doch ein begnadeter Kinderpsychologe in mir. Oder meldet sich gerade mein Unterbewusstsein zu Wort, weil sich auf dem Schrottplatz meiner verdrängten Kindheitserinnerungen auch solche Geschichten tummeln? Bei mir hatten die meisten Attacken immer irgendwas mit meiner Familie zu tun. Zum Beispiel wurde behauptet, dass mein Vater im Knast sitzen würde, meine Mutter eine besessene Sex-Else sei und sich meine Schwester lebensbedrohlich mit MCS infiziert habe – dem Missing Coolness Syndrom. Na ja, so ganz falsch lagen sie bei der Sex-Else und dem MCS ja nun nicht.

»Was haben die anderen Kinder denn Blödes gemacht?«, will ich von Till wissen.

»Sag ich nüch!«

»Aber Hildegard hast du es doch auch gerade gesagt.«

»Die hat auch größere Ohren, zum Besser-Zuhören.«

Eins zu eins. Wo lernen Kinder eigentlich diese entwaffnende Schlagfertigkeit?

»Aber wir haben doch gestern abgemacht, dass wir Freunde sind, stimmt's? Und Freunden erzählt man, was los ist«, versuche ich es noch mal.

»Ich bün heute sehr senzwiebel«, schluchzt Till und ich beiße mir auf die Lippe, um nicht loszuprusten. Er setzt Hildegard auf den Rasen, wo sie einige Meter im Gras umherhoppelt.

»Warum bist du denn so sensibel?«

»Weil die mich Stünker genannt haben.«

»Wer hat dich Stinker genannt?«

»Ein son Kind aussa Mäuse-Gruppe.«

»Heißt deine Kindergarten-Gruppe so?«

»Nö, ich bün inna Glühwürmchen-Gruppe.«

»Und ist das schon mal vorgekommen, dass du so genannt wurdest?«

Er schüttelt energisch den Kopf.

»Und warum nennen die Kinder dich so?«

»Weil ich ümma das Hemd hier an hab. Schon seit drei Tagen.« Till zieht am Saum seines gelben, in der Tat leicht fleckigen T-Shirts, auf dem ein Fußball mit Gesicht abgebildet ist.

»Dann zieh dir doch einfach morgen dein Lieblings-T-Shirt an, dein Allerschönstes, und falls die anderen Kindern dann wieder meckern, sag ihnen, dass sie ihre Klappe halten sollen.«

»Ich hab keine Hemdchens mehr«, schnieft Till. »Die sind alle inna Wäsche.«

»Na, dann waschen wir die eben jetzt.«

»Aber die Waschmaschüne is kaputt.«

»Und wie wascht ihr dann?«

»Gar nüch.«

Ich schließe die Augen und atme langsam aus. Ein Déjàvu klopft an meine Hirnrinde und spült mir das Ereignis ins Gedächtnis, wie ich als kleiner Junge ebenfalls wochenlang keine frische Wäsche im Schrank hatte, weil meine Mutter auf der Straße gegen Atomkraft demonstrierte. Irgendwann habe ich dann einfach meine Sachen selbst in die Waschmaschine gestopft und das Ganze bei 95 Grad auf eine Größe reduziert, mit der ich Schneewittchens sieben Zwerge hätte ausstatten können. Wenigstens bekam ich auf diesem Wege neue Klamotten, wenn das Wort »neu« im Zusammenhang mit Second-Hand-Ware überhaupt passend ist. Aber das Gute war, dass sich Esther fortan wieder freiwillig um die Wäsche kümmerte.

Wie zur Bestätigung erzählt mir Till, dass die Waschmaschine des Hauses bereits seit zwei Wochen defekt ist und die angesammelte Kleidung nur einmal wöchentlich mit einem Tuben-Waschmittel in der Badewanne gereinigt wird. »Waschmaschine reparieren«, noch so ein Punkt, den ich sogleich in fetten Lettern auf die To-do-Liste schreiben werde. Ich komme mir langsam vor wie im falschen Film, irgendwo zwischen Flodders, Bundys und Einsatz in vier Wänden.

In diesem Moment läuft Merle über die Terrasse zu uns. »Spätzchen, du bist ja schon da! Mensch, was ist denn passiert?«, fragt sie und nimmt Till besorgt in den Arm.

»Dein Sohn wird gemobbt, weil ihr ihn mit dreckigen Klamotten in den Kindergarten schickt«, sage ich bissig, was Merle umgehend mit einem vernichtenden Blick quittiert.

»Wurdest du geärgert, Till?«

Er nickt. »Dieser Junge aussa Mäuse-Gruppe hat mich Stünker genannt, weil ich ümma dasselbe Tü-Shört anhab.«

»Aber ein T-Shirt kann man doch ruhig zweimal anziehen, das ist doch dann nicht gleich dreckig«, versucht Merle ihn zu beruhigen, doch mit Blick auf die textile Flecken-Oase kommen ihr die eigenen Worte offensichtlich selbst ein wenig schräg vor.

»Wenn eure Waschmaschine nicht funktioniert, wieso bringt ihr den Kram dann nicht einfach zum Waschsalon oder in eine Wäscherei?«, erkundige ich mich.

»Weißt du, was ein Waschsalon kostet? Wer soll das denn bezahlen?«

»Und wenn du Kleidung in die chemische Reinigung gibst, kannst du das Ganze auch gleich im Tschernobyl-Reaktor waschen«, klinkt sich nun auch Esther ins Gespräch ein, die mit langsamen Schritten zu uns aufschließt. Meine Mutter sieht heute erstaunlich gut aus, sie hat deutlich mehr Farbe im Gesicht als gestern – und damit meine ich nicht ihre Schminke.

»Aber du sollst dich wehren«, redet Merle auf Till ein. »Wenn der Junge böse zu dir ist, dann darfst du dich auch verteidigen.«

»Genau, Till! Dem kleinen Scheißer hättest du ruhig eine reinhauen können!«

Merle dreht sich energisch zu mir um. »Philip! Man kann sich auch gewaltfrei wehren. Mit Worten zum Beispiel.«

»Ja, das ist eine Möglichkeit, die andere ist, einfach mit der Faust für Klarheit zu sorgen.«

»Ich bün aber schwächerer als der«, gibt Till in Abwägung meines Vorschlags zu Bedenken.

»Okay, das ist in der Tat eine missliche Ausgangslage. Dann hilft nur eins: ihm in die Eier treten und ganz schnell weglaufen. Bist du schneller?«

Till nickt und ein Grinsen fliegt über sein Gesicht.

»Philip, könntest du jetzt bitte mit deinen kontraproduktiven Schulhoftipps aufhören. Ich fänd's schön, wenn mein Sohn später kein brutaler Schläger würde, sondern ein konfliktfähiger, friedfertiger Junge.«

»Ist ja schon gut. Ich will mich gar nicht in deine Erziehung einmischen. Aber dieser Konflikt wäre gar nicht erst entstanden, wenn ihr einfach mal eure Waschmaschine repariert hättet.«

»Simon sagt, da lässt sich nichts mehr reparieren. Wir brauchen eine neue«, sagt Esther.

»Und? Wo liegt das Problem? Dann kauft halt eine ...«

»Wir können uns nicht mal eben eine neue Waschmaschine kaufen. Wir sparen darauf.«

»Ihr spart auf eine Waschmaschine?«

»Auch wenn es für deinen Kreisligaverstand schwer zu erfassen ist, es gibt noch Menschen auf diesem Planeten, die nicht so im Geld schwimmen wie du«, ereifert sich Merle und ich merke, wie mir die Schamesröte ins Gesicht steigt. Ich wollte unbedingt vermeiden, ihr gegenüber als weltfremder Schnösel aufzutreten, aber dieses Vorhaben ist wohl gerade gescheitert.

»So, Till. Zieh deine Sachen aus, wir waschen das ganze Zeug jetzt oben in der Wanne«, sagt Merle hastig.

Esther blickt auf die Uhr. »Musst du nicht zur Arbeit? Till und ich haben doch jetzt Oma-Nachmittag …«

»Ja, eigentlich schon. Aber weil Philip es geschafft hat, mich als letzte Assi-Mutter hinzustellen, waschen wir jetzt erst mal die Klamotten.«

»Sorry, das war nicht meine Absicht.« Schnell schiebe ich ein Friedensangebot hinterher. »Geh du doch ruhig arbeiten, ich fahre mit Till in den Waschsalon.«

Merle wirft mir einen ungläubigen Blick zu, als hätte ich ihr vorgeschlagen, heute einen Mädelsabend zu veranstalten, mit Prosecco, Dildoqueen und einer Wahrsagerin, die uns allen aus der Hand liest.

»Das würdest du wirklich tun?«, fragt sie skeptisch.

»Ja klar.« Und obwohl eigentlich noch ein Berg Arbeit auf mich wartet, füge ich wie ein fürsorglicher Familienpapi hinzu: »Und die dreckigen Klamotten der anderen nehmen wir auch gleich mit.«

Till jubelt laut und kreist vorfreudig mit ausgestreckten Armen wie ein Flugzeug durch den Garten. Doch noch ehe ich Merles prüfenden Blick schnippisch erwidern kann, hat Till schon sein Kaninchen eingefangen und drückt es mir unversehens in den Arm.

»Hüldegard braucht jetzt ihre Müdüzin. Mach du mal, ich zieh schon mal Schuhe an.« Mit diesen Worten rennt Till ins Haus, während Esther und Merle sichtlich bemüht sind, bei meinem Anblick nicht in schallendes Gelächter auszubrechen. Angewidert halte ich das Tier in meinem Arm und habe ernsthafte Sorge mein maßgeschneidertes Hemd zu ruinieren oder hinterher zumindest wie ein Iltis zu stinken.

»Wenn du dein Gesicht sehen könntest, Philip, es ist zum Schreien«, gluckst Esther.

»Jetzt guckt nicht so blöd, sondern sagt mir lieber, wo ich diese verdammte Medizin finde.« Vorsichtig setze ich das Kaninchen in den Stall zurück und streife mir die Kaninchenhaare vom Hemd.

»Dort unten in der Tupperbox sind die Medikamente. Willst du sie Hildegard geben?«, fragt Merle und tut so, als sei ich zu blöd, einem Kaninchen irgendwelche Pillen unter das Futter zu mischen. So viel Alltagsnähe kann man mir schon noch zutrauen.

»Ich frage ja nur …«, schiebt sie vorsichtig nach. »Kann ja sein, dass du dich ekelst.«

»Quatsch, jetzt hört doch mal auf. Ich bin doch kein Weichei!«

Ich bücke mich nach der Plastikdose, öffne sie und lese den handschriftlichen Vermerk auf der Verpackung laut vor: »Zäpfchen – bitte vorsichtig in den After des Tieres einführen.«

Esther und Merle kreischen vor Lachen. Meine gute Stimmung ist – nun ja – im Arsch.

Kapitel 13

Es ist kein Geheimnis, ich kann Haustiere nicht ausstehen. Die machen nichts als Arbeit und Dreck, fressen dir die Haare vom Kopf und verursachen horrende Tierarztkosten. Mir ist zudem schleierhaft, warum sich die Wohngemeinschaft Tiere ins Haus holt, wenn noch nicht mal Kohle für eine neue Waschmaschine da ist. Ein Psychologe würde die Gründe meiner rigorosen Haustierabneigung vermutlich in meiner Kindheit suchen und da kann ich nur sagen: Volltreffer. Wir hatten nämlich früher ständig irgendwelche Viecher bei uns im Haus, die meiner Mutter angeblich zugelaufen waren oder die sie aus diversen Tierheimen, Laboren oder Messie-Haushalten rettete. Unentwegt schossen panische Tiere durch unsere Zimmer, flogen Wellensittiche Kamikaze oder es versteckte sich irgendein Vieh in der Schublade (Katze!), unterm Sessel (Meerschweinchen!) oder hinter den Gardinen (Hund!). Nächtliche Toilettengänge waren der blanke Horror, wenn im Dunkeln plötzlich irgendetwas kreischend an mir vorbeihuschte, es von irgendwoher gefährlich knurrte oder ich mit einem Mal auf etwas Pelziges trat und mich später im Bett wunderte, warum mein rechtes Bein blutete. Aber trotz der ganzen Tieransammlung war unser Haus dank Esthers Reinheitsfimmel immer picobello sauber. Ihre Tierliebe beschränkte sich im Übrigen nicht nur auf Haustiere. Sie bekam einen regelrechten Tobsuchtsanfall, wenn ich in ihrer Anwesenheit Mücken oder Fliegen totschlug oder tellergroße Spinnen in meinem Kinderzimmer mit dem Staubsauger traktierte. Nicht einmal die medizinballgroßen Wespennester wurden ausgeräuchert, die unter meinem Fenstersims wie Hausherpes prangten, geschweige denn die stinkenden Marder, die sich einen Sommer lang auf unserem Dachboden tummelten. Meine Schwester Jule stand in puncto Tierliebe Esther in nichts nach. Diese Manie gipfelte eines Winters darin, dass die Heizung nicht angestellt werden durfte, weil die beiden für die dritte Operation einer zugelaufenen Katze sparten und mich für dieses Ansinnen in Geiselhaft nahmen. Nachdem das Vieh dann endlich kostspielig zusammengeschustert worden war, hat der Nachbar es drei Tage später mit dem Auto überfahren. Immerhin durften wir dann wieder heizen.

Mein Oberhemd ist komplett eingesaut, nachdem ich erfolglos versucht habe, der widerspenstigen Hildegard den Pillen-Brummer in den Hintern zu drücken. Zum Glück kam mir irgendwann Merle zu Hilfe, die mit zwei geschickten Handgriffen das Kaninchen medikamentös befüllte.

Und nun stehe ich im Waschsalon, ziehe kurzerhand das verdreckte Hemd und die besudelte Hose aus und werfe beides zu den anderen Sachen in die Wäschetrommel. Erschreckenderweise hat Till das Waschautomatensystem schneller verstanden als ich. Das dürfte an diesem aushängenden Erklär-Comic für Kinder liegen, in dem die Protagonisten Wischi & Waschi, zwei glubschäugige Waschmaschinen mit unstillbarem Hunger nach dreckiger Wäsche, die kinderleichte Bedienung aufzeigen. Als ich gerade den dritten Punkt der schriftlichen Anleitung für Erwachsene durchlese, bittet mich Till schon um Münzen, die er für den Pulver-Automaten und für das Waschprogramm benötigt. Einen Fünfzigeuroschein weiß er dank Wischi & Waschi an einem Apparat blitzschnell in Plastikchips zu verwandeln und von diesem Punkt an übergebe ich das komplette Waschprozedere in seine Hände. Ich wundere mich selbst ein wenig, dass ich das Waschen meines maßgefertigten Hemdes nebst Hose und all der anderen Familienklamotten einem Fünfjährigen anvertraue, aber was hat mir Esther gestern als ihr Lebensmotto verraten: »Häng dein Herz nicht an Dinge, die nicht leben.« Und Klamotten leben nicht.

»So, fertig. Wie lange sind wir jetzt nackig?«, fragt Till, nachdem er unsere dritte XXL-Maschine gestartet und mir einiges an Rückgeld in die Hand gedrückt hat. Da wir beide nur in Unterhosen dastehen, ist das eine vollkommen berechtigte Frage.

»Eine Stunde und dann muss das Zeug noch in den Trockner.«

»Boah, cool! Dann haben wir ja jetzt Zeit zum Spielen. Prüüüüüma!«, freut sich Till und springt zu seinem Kinderkoffer. »Erst mal mach ich ein schönes Ruckelbüld.« Er krabbelt auf eine bereits rumpelnde Waschmaschine, packt Papier und Buntstifte aus und beginnt, während unter ihm der Schleudergang tobt, mit großer Konzentration ein Bild zu malen.

Ich setze mich derweil auf die fest verschraubten Plastiksitze und stelle fest, dass in allen vier Ecken Überwachungskameras hängen. Meine soeben noch breitbeinig aufgestellten Beine schlage ich geniert übereinander und überlege, ob die Situation »halb nackter Mann mit halb nacktem Kind im Waschsalon« irgendwie straffällig sein könnte.

Ich werde in meinen Gedanken unterbrochen, als eine adrett gekleidete, attraktive junge Frau den Salon betritt. Sie grüßt freundlich und ich merke, wie ihr Blick belustigt an mir auf- und wieder abwärts gleitet. Wie konnte ich nur so blöd sein, Hemd und Hose gleichzeitig in die Waschmaschine zu werfen. Vielleicht liegt es an der Tatsache, dass es für mich bis vor einer Stunde sowieso unvorstellbar war, auf die Dienste einer solchen Einrichtung zurückgreifen zu müssen. Denn aus rein hygienischen Gesichtspunkten ist der Gebrauch dieser Maschinen vergleichbar mit dem Bälle-Bad von IKEA – wo ich mich als Kind einmal mit Windpocken, einmal mit Scharlach und zweimal mit Grippe angesteckt habe. Aber auf IKEA lasse ich trotzdem nichts kommen, denn dieses Möbelhaus hat einen großen Platz in meinem Herzen. Immer wenn Esther ihren Termin beim Homöopathen hatte – jeden Mittwoch um 15 Uhr –, parkte sie mich derweil im Kinderparadies, wo ich die schönsten Spielnachmittage verbrachte. Die Sache ging so lange gut, bis ich einmal aus Versehen von zu viel Sprudelwasser in die Bälle pinkelte und trotz penetranter Dauer-Durchsagen, »dass der kleine Philip dringend aus dem Kinderparadies abgeholt werden möchte«, meine Mutter erst mit eineinhalbstündiger Verspätung aufschlug. Leider stoppten von da an die IKEA-Besuche, was Esther damit begründete, dass sie mich nicht länger in die Obhut von unqualifizierten Erzieherinnen geben wollte, die heimlich Elchfleisch äßen und Kinder mit kohlensäurehaltigen Getränken zum Wettrülpsen animierten. Beides Dinge, die natürlich nicht stimmten. Aber auf diese Weise versuchte sie von der letzten Hausdurchsage abzulenken, die eine der Kinderparadies-Mitarbeiterinnen am Ende durchgab: »Liebe IKEA-Kunden. Die Rabenmutter, die den kleinen Philip bei uns über Stunden geparkt hatte, um draußen einen freien Nachmittag zu genießen, ist soeben wieder eingetroffen. Danke.«

Die junge Frau stellt ihre Wäschetasche auf einer der freien Maschinen ab und befüllt die Trommel.

»Ähm, entschuldigen Sie, wissen Sie, wie das hier funktioniert?«, wendet sie sich plötzlich mit einem scheuen Lächeln an mich.

Ich krame in meinem Hirn nach einer möglichst witzigen Antwort, doch leider werde ich nicht fündig, weil ich mich gerade darauf konzentriere, meine Bauch- und Brustmuskeln anzuspannen. Denn mit diesem trainiert aussehenden Oberkörper beabsichtige ich nun, wie der Coke-Light-Mann zu ihr hinüberzuschlendern, charmant die Bedienung der Maschinen zu erklären, um dann zum Schluss meine Telefonnummer …

»Ey, komma hierher zum Poster, ich zeig dir, wie's geht. Phülüp kann das nüch.«

Danke, Till, du hast mir soeben meinen wasserdichten Flirt-Plan ruiniert.

Er springt von der Waschmaschine, zerrt die irritierte junge Dame vor das Wischi & Waschi-Plakat und gibt eine kurze praktische Einweisung.

»Haste kapiert? Oder soll ich noch ma von vorne?«, fragt Till hinterher die junge Frau, die von seinem Charme völlig verzückt ist. Ich wäre mir angesichts solcher Belehrungen von einem

Zwerg eher vorgekommen wie die hohlste Nuss in einer Knabbermischung.

»Nein danke. Ich glaube, ich komme zurecht«, antwortet sie mit einem Grinsen. »Aber sag mal, kann der Typ da drüben auch reden?« Mit dem Zeigefinger deutet sie in meine Richtung. Zwar tippe ich gerade auf meinem Handy und tue wahnsinnig beschäftigt, trotzdem verfolge ich jedes Wort mit spitzen Ohren.

»Ja, klar kann der reden. Ey, Phülüp. Sag mal Hallo!«, brüllt Till in einer unangemessenen Lautstärke zu mir herüber. Da sich meine Schlagfertigkeit direkt neben meiner Würde unten im Keller befindet, bringe ich ein monsterkreatives »Hallo« heraus und winke mit der freien Hand wie ein Teletubby.

»Wow«, antwortet sie mit gespieltem Entzücken. »Ne ganz schöne Plaudertasche, dein Vater, stimmt's?«

»Was is'n 'ne Plaudertasche?«

»Wenn jemand ununterbrochen redet …«

»Weiß nüch, ob mein Vater 'ne Plaudertasche is.«

»Das können wir ja mal testen. Habt ihr beide Lust, dort drüben mit ins Café zu kommen, natürlich erst, wenn ihr eure Klamotten zurückhabt?«, fragt sie mit einem Augenzwinkern in meine Richtung. Ich lächle und bin hocherfreut über diesen Vorschlag, weil ich so die Chance habe, meinen peinlichen Auftritt wieder wettzumachen.

»Nö, wir haben keine Zeit«, grätscht Till nun abermals dazwischen.

»Und warum nicht?«

»Weil wir noch üns Krankenhaus müssen, so Zettel unterschreiben.«

»Ach, das ist aber schade. Dann muss ich wohl ganz alleine hinübergehen, dabei hätte ich dich und deinen Vater so gerne kennengelernt.«

»Mich kennste ja jetzt. Und mein Vater is'n dummer Müstkerl«, sagt Till und klingt irgendwie nach Merle. Er springt auf die Waschmaschine zurück, sucht in seinem Spielekoffer nach Kopfhörern und drückt die Playtaste des Kassettenrekorders.

»Und Sie sitzen bei solchen Anschuldigungen einfach nur regungslos da?«, fragt sie mich mit einigem Befremden und stopft ihre Wäsche in eine freie Waschmaschine.

Ich gucke von meinem Handy hoch und tue so, als habe ich nichts mitbekommen. »Tschuldigung, ich war gerade abgelenkt. Ich habe eine Waschmaschine bestellt.« Dass mit der Bestellung entspricht zwar der Wahrheit, klingt aber genauso uncool wie »Ich habe eine Wassermelone getragen« aus Dirty Dancing. Und anstatt einfach den Mund zu halten, schwafele ich weiter: »Die Waschmaschine hat bei der Stiftung Warentest mit sehr gut abgeschnitten. Sowohl im Energiesparbereich als auch bei der Dauerprüfung.«

Die junge Frau mustert mich mit skeptischen Blicken, was mich derart verunsichert, dass ich mich nun komplett ins Verderben quatsche. Diagnose: Verbaldiarrhö.

»Und wegen der Schleuderdrehzahl eignen sich eh nur Frontlader. Buntwäsche bei 60 Grad oder Pflegeleichtes muss man natürlich auch mal eben im Kurzprogramm durchwaschen können. Und für diese Maschine hier ...«, ich tippe mit dem Zeigefinger auf das Handydisplay, »... sind selbst hartnäckige Flecken wie Ruß, Öl, Kakao oder Rotwein echt ein Klacks, gemessen natürlich an der maximalen Laugentemperatur im 60-Grad-Eco-Programm und, darauf lege ich besonders viel Wert, eben auch im Normalprogramm bei normiertem Wollgewebe. Gerade erst bestellt und ist schon in 24 Stunden da. Mit Aufbauservice. Toll, ne?«

Die junge Frau schaut mich verständnislos an, drückt den Startknopf der Waschmaschine und rollt ihre leere Tasche zusammen.

»Also, wenn du so vögelst wie du redest, dann sind meine Eizellen eingeschlafen, ehe deine Spermien überhaupt in Sicht sind.«

Okay, so was nennt man dann wohl: Korb.

»Einen süßen Sohn hast du, das ist aber auch schon alles. Wiedersehen.« Damit stößt sie die Tür auf und entfernt sich in zügigen Schritten.

Während Villariba schon feiert, wird hier in Villabajo noch geschrubbt … und Wäsche zusammengelegt. Till steht vor einem Kindertisch und sortiert Socken, ich hingegen versuche mich darin, T-Shirts, Pullover und Unterwäsche zusammenzufalten und zu Tills Belustigung dabei alte Werbesprüche aufzusagen. Ich wundere mich, wie ein Haushalt in nur zwei Wochen solche Wäscheberge anhäufen kann, insbesondere, wenn einer von ihnen lediglich Unterhosen trägt. Immerhin bin ich wieder vollständig angezogen, trage Hose und Hemd, die zwar knitterig sind, aber dafür nicht mehr nach Kaninchen stinken. Falls also die junge Frau zurückkommen sollte, um ihre Sachen abzuholen, wäre ich textil und mental vorbereitet.

»Weißt du eigentlich, dass Oma auch 'n büsschen Asthma hat wie ich?«, fragt Till plötzlich, als er ein paar Füßlinge als Paar zusammenstopft. Dass meine Mutter Asthma hat, ist mir in der Tat neu und wäre neben Prostatabeschwerden die einzige Krankheit, über die ich von ihr noch nicht informiert wurde.

»Oma hatte nämlich eigentlüch 'nen Asthma-Notfall und is deswegen üns Krankenhaus.«

»Moment mal. Esther ist doch wegen des Herzinfarktes eingeliefert worden, nicht wegen eines Asthmaanfalls.«

»Na ja, erst hatte se Asthma und dann hat ihr Herz nüch mehr so rüchtig gebollert.«

»Ich verstehe kein Wort. Erklär mal genauer, was du meinst.«

Was ich dann zu hören bekomme, geht nicht mal auf die Kuhhaut eines kompletten Rinderstalls. In besagter Nacht, als Esther ins Krankenhaus kam, hörte Till zuerst ein lautes Stöhnen aus ihrem Schlafzimmer. Er dachte, dass Esther einen Asthmaanfall habe, schnappte sich sein Spray, krabbelte aus dem Bett und lief zu ihrem Schlafzimmer. Dort angekommen, lugte er durch den Türspalt, stellte aber beruhigt fest, dass Simon schon dabei war, ihr zu helfen.

»Und was hat er gemacht?«, frage ich dazwischen.

»Er lag auf ihr drauf.«

»Er lag auf Esther … drauf? Und hat er sie … wie soll ich sagen … Mund-zu-Mund beatmet?«

»Sah so aus wie Küsschen, aber mit viel Sabba.«

Wie gut, dass Tills Naivität ihn vor den Bildern schützt, die sich gerade in meinem Kopf abspielen und dort wohl auch lebenslänglich eingraviert bleiben. Aber die Geschichte geht noch weiter: Esthers Atem steigerte sich zur Killer-Keuche, ihre Bewegungen wurden immer stürmischer, bis sie plötzlich mit einem lauten Seufzer in sich zusammensackte.

»Dann is Sümon auf einmal ganz schnell zum Telefon gerannt, hat sonne Nummer eingetüppt und 'n Notarzt hat Oma üns Krankenhaus gepackt.«

Sofort zücke ich mein Handy und versuche mich an den Namen von Esthers Krankheit zu erinnern. Was war das noch mal? Irgendetwas Englisches, Kitschiges. Google weiß es: Broken-Heart-Syndrom, eine Herzverkrampfung, die sich wie ein Infarkt äußert, aber eigentlich gar keiner ist. Es tritt insbesondere bei älteren Frauen nach der Menopause auf, ausgelöst durch starke emotionale Ereignisse. Ich scrolle nach unten, um die Liste der möglichen Auslöser zu lesen, und siehe da, meine Vermutung wird bestätigt: Sex.

Gerne würde ich jetzt an einer Talkshow mit dem Titel »Meine Mutter – ein Sexmaniac« teilnehmen, um darin meinen gesamten Frust auszuspucken, inklusive der Tatsache, dass Esther vermutlich mehr Sex hat als ich.

Auf alle Fälle kann ich nach dieser Information nicht länger stupide Wäsche sortieren. »Komm, Till, die letzten Socken schmeißen wir einfach so in den Wäschekorb. Wir fahren jetzt schnell ins Nachsorge-Zentrum und danach werde ich meine Mutter lynchen …«

Kapitel 14

Ich stelle fest, dass es überaus praktisch sein kann, ein Kind dabeizuhaben. Es steigert nicht nur das Flirt-Potenzial, zumindest theoretisch, es hält außerdem mein Verkehrstourette in Schach. Normalerweise schimpfe ich unflätig über andere Verkehrsteilnehmer oder fluche über irgendwelche Baustellen, doch mit Till im Auto halte ich mich dezent zurück. Ohne ihn wäre ich regelrecht zum Nachsorge-Zentrum gerast, halsbrecherisch und tollkühn, um meine innere Gereiztheit mit dem Gaspedal wegzutreten. Aber mit einem personifizierten Tempolimit an Bord haben wir unser Ziel ganz gesittet ohne irgendwelche gefährliche Verkehrsmanöver erreicht.

Im Nachsorge-Zentrum werden wir von einer Krankenschwester empfangen, die uns direkt in das moderne Büro des Chefarztes führt. Kurze Zeit später betritt dieser auch schon mit einer Krankenakte unter dem Arm das Zimmer und begrüßt uns freundlich. In aller Ruhe gehen wir die Diagnose-Unterlagen durch und vereinbaren, dass Esther diesen Donnerstag für eine erste Untersuchung vorstellig werden soll. Ein »organisches Korrelat«, wie der Arzt sagt, sei aber jetzt schon ausgeschlossen, was so viel heißt, dass Esther nach diesem Anfall weder Organschäden noch nachhaltige Einschränkungen der Herzfunktion zu befürchten hat. Um aber weitere Stressfaktoren zu reduzieren, bekommt sie zunächst zweimal die Woche Besuch von einem Pflegedienst, der ihren Blutdruck und -zucker kontrolliert, die Medikamenteneinnahme überprüft und bei der hauswirtschaftlichen Versorgung hilft. So ist sichergestellt, dass jemand Professionelles ein Auge auf ihre Genesung hat und frühzeitig gegensteuern könnte, falls sich der Gesundheitszustand nicht bessert. Ich bin mit diesem Gesamtpaket sehr zufrieden, so kann ich wieder ruhigen Gewissens nach New York zurückreisen.

»Einen aufgeweckten Sohn haben Sie da«, sagt der Arzt zum Abschied, während Till auf einem Kinderauto stürmisch vom Besprechungszimmer zum Empfangstresen schießt.

»Danke«, antworte ich ein wenig stolz, ohne den Sachverhalt richtigzustellen.

»Herr Heitmann, ich gebe Ihnen die Unterlagen direkt mit. Bitte lassen Sie Ihre Mutter unterschreiben und reichen uns das Ganze am besten morgen wieder ein. Wäre das okay für Sie?«, fragt die Schwester über den Empfangstresen. »So sparen wir uns den Postlauf und können gleich am Donnerstag mit den Anwendungen beginnen.«

Ich sichere zu, vor meinem Abflug vorbeizukommen, und drehe mich dann zu Till, der regungslos mit verschränkten Armen auf dem Auto sitzt und stoisch geradeaus glotzt.

»Hey, Till, alles okay bei dir? Können wir los?«

»Nö, komme büsschen später. Stehe noch üm Stau«, sagt er und wir alle müssen lachen.

Falls sich jemand unter dem Begriff »tumultartige Zustände« nichts vorstellen kann, sollte er einfach mal in der Lindenallee 4 vorbeischauen. Denn bereits von der Straße ist vernehmbar, dass sich ebensolche Szenen in unserem Garten abspielen. Till öffnet die Haustür, während ich den Wäschekorb mit den turmhoch gestapelten Kleidungsstücken in den Flur balanciere.

»Was ist denn hier los?«, frage ich Esther, die seelenruhig in einem Tee rührt.

»Ach, nix Besonderes. Potschinski rastet mal wieder aus.«

»Und warum?«

»Weil Simon den Rasen mäht.«

Mit einiger Genugtuung stelle ich fest, dass meine Aufgabenliste offenbar schon abgearbeitet wird. Doch was ich im Garten zu sehen bekomme, erinnert mich eher an den Psychoterror verfeindeter Dauercamper. Während Simon auf unserer Seite in knapper Badehose den Rasen mäht, haben Potschinskis nebenan auf ihrer Terrasse, mit direktem Ausblick in unseren Garten, einige Herrschaften zu Kaffee und Kuchen geladen. Die Gäste gaffen völlig konsterniert, wie Simon einen donnernden Uralt-Mäher über den Rasen führt und sich hier und da bückt, um einen Marienkäfer oder eine Biene vor den Scheren zu retten. Er trägt dazu einen kopfhörerartigen Gehörschutz und sieht damit aus wie eine Kreuzung aus Bauarbeiter, Alien und Micky Maus. Immerhin bleiben ihm so die ganzen Beschimpfungen erspart, die Herr Potschinski von seiner Terrasse herüberbrüllt.

»Eberhard«, schreit jetzt auch noch Frau Potschinski aus dem Inneren des Hauses zu ihrem Ehemann, »geh da jetzt rüber und klär das! Dreh dieser Kanaille den Hals um. Ich kann nicht, ich mach Bowle.«

Ich frage mich, ob Frau Potschinski wirklich die Bowle anrührt oder ob sie nicht eher ihre Panzerfaust munitioniert, um unser Haus in Schutt und Asche zu legen. In diesem Fall könnte ich sie sogar verstehen.

»Mama, warum muss denn Simon ausgerechnet jetzt den Rasen mähen, wenn Potschinskis Gäste haben?«

»Weil seine Frist, die du ihm für diese Aufgabe gegeben hast, in zwei Stunden abläuft«, grinst sie frech.

Draußen steigert sich inzwischen das Geplärre ins Unermessliche. Kreisch-Stimmen gegen knatternde Höllenmaschine, nicht mehr lange, und ich habe meinen ersten Hörsturz.

»Simon soll jetzt sofort mit diesem Lärm aufhören und sich was Vernünftiges anziehen, wenn er da draußen in aller Öffentlichkeit den Rasen mäht!«

»Wieso? Er hat doch was an: Kopfhörer!«, amüsiert sich Esther.

Aber mir ist nicht zum Scherzen zumute. »Ihr verhaltet euch total asozial, weißt du das, Mama? Ich gehe da jetzt rüber, beruhige Potschinski und du sorgst dafür, dass sich dein Typ etwas anzieht.« Mit diesen Worten laufe ich in den Garten, gebe Simon im Vorbeilaufen ein Zeichen, dass er diese dröhnende Lärmschleuder abstellen soll, und bedeute dem Nachbarn, ihn vor seinem Haus treffen zu wollen.

Wenige Sekunden später reißt Herr Potschinski mit hochrotem Kopf die Haustür auf und genau in diesem Moment verstummt Simons Rasenmäher.

»Ick rufe die Polizei, dit sach ick Ihnen, wenn dieser Nackte nich endlich uffhört …«

»Herr Potschinski«, unterbreche ich ihn höflich. »Hören Sie, der Lärm hat bereits aufgehört. Ich habe das schon geklärt.«

Aber der Nachbar eifert sich weiter in Rage: »Ick habe Jäste, wissen Se dit, richtig wichtjen Besuch aus der Politik. Und dem Perversen mit sein Rasenmäher, dem reiß ick den Arsch uff, wenn der da nich sofort vaschwindet …«

Ich nicke zustimmend. »Wissen Sie, Herr Potschinski, wir beide müssen uns überhaupt nicht streiten, denn ich sehe die ganze Angelegenheit genauso wie Sie. Oder glauben Sie allen Ernstes, dass ich begeistert bin, wie meine Mutter ihre Gesundheit und mein Zuhause zugrunde richtet?«

Offenbar bringen ihn meine Worte aus dem Konzept, denn er entspannt seine Kiefer und lässt die drohend ausgestreckte Faust mit einem Mal sinken.

»Dit da bei Ihnen is dit reinste Irrenhaus. Seit Ihre Mutter dieset Pack bei sich uffjenommen hat, ist hier jeden Tach die Hölle los.«

»Das kann ich mir vorstellen.«

»Ständig sieht man diesen Typen inna Buxe rumloofen, und diese Tablettschluse mit dem kleenen Schreihals. Und eins sach ick Ihnen: die singende Alte da bei euch, die ist jemeinjefährlich. Ooch Ihre Mutter …«, er streckt mahnend seinen Zeigefinger aus, »ja, Ihre Mutter, die ist ooch keen Stück besser. Dit is een jeiles, durchtriebenes Flittchen. Nur zum Bumsen hält Se sich diesen Sozialhilfeempfänger im Haus.«

Sozialhilfe heißt zwar seit über einem Jahrzehnt Hartz IV, das Wort bumsen darf man, egal wo man herkommt, niemals mit einem weichen »s« aussprechen, und Angriffe gegen Till lasse ich nur aus taktischen Gründen unkommentiert. Ansonsten hat Potschinski schon irgendwie recht. »Glauben Sie mir, ich will diese Menschen doch auch so schnell wie möglich wieder aus dem Haus haben. Da sind wir beide einer Meinung.«

Er mustert mich und prüft misstrauisch, ob ich ihn nur zum Narren halte. Doch nach einer kurzen Pause sagt er versöhnlich: »Dann sind Se ja der einzije Vernünftije von dem Jesindel da drüben, wa?«

»Das Gefühl habe ich auch. Und ich verspreche Ihnen, Herr Potschinski, diese Leute so schnell wie möglich vor die Tür zu setzen.«

»Dann kämpfen wa jetze Seite an Seite?«

»Ganz genau.«

»Damit wieder Ruhe, Anstand und Sitte in der Lindenallee einkehrt«, proklamiert er in Wahlkampfmanier. »Abjemacht?«

»Abgemacht«, antworte ich und wir reichen uns verschwörerisch die Hände.

Kapitel 15

Potschinskis Haustür fällt ins Schloss, ich wende mich zum Gehen und erblicke in unserem Vorgarten einen fremden Mann. Er sieht aus wie eine Mischung aus Versicherungsvertreter und Rocker und ruckelt sich machohaft an der Gürtelschnalle, ehe er mit der Breitbeinigkeit eines amerikanischen Rinderhirten zu unserer Haustür stakst. Der Laufstil erinnert tatsächlich an einen Cowboy, allerdings einen, dem man den Gaul unterm Hintern weggeschossen hat. Bevor er den Klingelknopf betätigt, spreche ich ihn an.

»Entschuldigung, kann ich Ihnen helfen?«

»Wohnen Sie hier?«, fragt er mich mit der Stimme eines Mannes, der täglich mit Whiskey gurgelt.

»Ja, worum geht's?«

»Ich bin der Inkasso-Beauftragte der Stadtwerke. Dieses Haus hier«, er schaut auf seine Unterlagen, »Lindenallee 4, Esther Heitmann, hat seit fünf Monaten die Strom- und Heizkostenrechnungen nicht bezahlt. Sie haben bereits fünf Mahnungen von uns erhalten, die sechste und letzte überbringe ich Ihnen jetzt persönlich.« Er rüttelt an seinem Gürtel. »Wenn Sie in drei Werktagen nicht bezahlt haben, stellen wir Ihnen den Saft ab. Dann wird's bei Ihnen zappenduster. Haben Sie das verstanden?«

Dieser Typ ist ja noch unfreundlicher als die GEZ Schergen früher, die stasigleich von Wohnung zu Wohnung patrouillierten, um nicht angemeldete Fernsehgeräte ausfindig zu machen. Offenbar sind die Stadtwerke zu so einer Art Zeugen Jehovas mutiert, die ihre Existenzberechtigung nur daraus ableiten, Menschen kolossal auf die Nerven zu gehen.

Aber was soll ich machen? Ich lasse mir vom Cowboy die letzte

Mahnung aushändigen und bestätige schriftlich die Empfangnahme. Zwar ist es mir überaus peinlich, von so einer Bratpfanne zur Rechenschaft gezogen zu werden, zumal ich den ganzen Schlamassel ja gar nicht verzapft habe. Aber dafür halte ich endlich das Räumungsurteil dieser Möchtegern-WG in den Händen.

»Na, Philip. Hast du Potschinski besänftigt?«, feixt Esther schnippisch, als ich zu ihr in die Küche komme, wo sie gerade einen üppigen Basilikumbusch mit Wasser versorgt.

»Wir haben uns geeinigt, dass ab sofort Ruhe herrscht. Ihr konntet euch doch denken, dass er ausrastet, wenn Simon im Lendenschurz Rasen mäht. Der hatte außerdem noch Gäste.«

»Ach, Potschinski soll sich mal nicht so anstellen. Für die da drüben war Simons Anblick bestimmt der sexuelle Höhepunkt des Jahrhunderts.«

»Weißt du, was ich nicht verstehe? Ihr predigt immer Mitmenschlichkeit und glaubt, die ganz großen Weltverbesserer zu sein, aber eigentlich ist das pure Heuchelei.«

»Was soll das denn heißen?«, empört sich Esther und stemmt beide Arme in die Hüften.

»Habt ihr mal versucht euch in Potschinskis Lage zu versetzen? Was der alles mit euch durchmacht. Wo bleibt denn da von euch ein Funken Rücksicht?«

»Potschinski ist eine Ausnahme, der hat schlechte Energien. Und wir haben beschlossen, solche Menschen zu ignorieren.«

»Ach, das ist ja eine super Lösung. Und bei Rechnungen verfahrt ihr mit der gleichen Methode? Die haben auch schlechte Energien und werden nicht beachtet oder was?«

Esther blinzelt nervös und zupft an ihrem Ohrläppchen. »Wieso? Wie kommst du denn jetzt darauf?«

»Ich habe den Mann von den Stadtwerken vor der Haustür abgefangen …«

Esther geht langsam zum Esstisch und lässt sich vorsichtig auf einen der Stühle sinken. Für einen kurzen Moment befürchte ich, dass ich ihr den nächsten Herzanfall verpasst habe.

»Ja, was soll ich lange drum herumreden: Unsere Haushaltskasse ist leer gefegt und wir stehen knietief im Dispo. Aber unser Bankberater hat gesagt, bei den aktuell niedrigen Zinsen sind Schulden sowieso das neue Sparen.«

»Soll das ein Witz sein? Okay, wir gehen das jetzt mal ganz systematisch durch …«, sage ich und kontrolliere meine Rage. »Wieso bist du denn knapp bei Kasse? Du bekommst doch Rente. Die Bewohner zahlen Miete.« Noch bevor ich überlege, welche weiteren Einnahmen dazukommen, schüttelt Esther schon den Kopf.

»Also, meine Lieben zahlen nur theoretisch Miete, praktisch lässt sich das nicht durchsetzen.«

»Was soll das heißen?«

»Also, bei Bella ist durch die Vormundschaft nichts zu holen, Merles Geld kann ich aus moralischen Gründen nicht annehmen, denn sie kommt ja mit Till schon kaum über die Runden.«

»Und Simon? Der bekommt doch Hartz IV.«

»Ja, aber das Geld spenden wir an ein Waisenhaus in Bangladesch.«

Meine Nerven liegen blank. Als sei das alles nicht genug, setzt in diesem Moment im ersten Stock die Musik zu Memory ein.

»Tür zu da oben«, schreie ich aggressiv ins Treppenhaus, doch Bella dreht die Anlage noch lauter auf und wenige Sekunden später dröhnt ihre kreischende Stimme von draußen durch die Straßen: »Moooooooondschein, dreh dich um, schau zum Moooooooondschein …«

»Sag mal, die steht jetzt nicht etwa auf dem Balkon und singt, oder?«

»Doch, wie Evita«, antwortet Esther trocken.

»Und da schreitet ihr nicht ein?«

Esther zuckt nur teilnahmslos mit den Schultern.

Sofort schwinge ich mich vom Stuhl, um dem Balkon-Getöse ein Ende zu bereiten, doch plötzlich setzt auch wieder im Garten der Höllenlärm ein. Aus dem Augenwinkel sehe ich, wie Simon den Rasenmäher nun durch einen Laubbläser ausgetauscht hat und Blätter durch die Luft wirbelt.

Hin- und hergerissen, welchen Wahnsinn ich zuerst stoppen soll, stehe ich im Treppenhaus, als es Sturm klingelt.

Ich reiße die Haustür auf und blicke dem wutschnaubenden Herrn Potschinski ins Gesicht.

»Eene Frechheit!«, tobt er. »Stellt sofort diesen Radau ab!«

Ich versuche ihn zu beruhigen. »Herr Potschinski, ich habe Ihnen doch gesagt, dass ich mich um alles kümmere. Das braucht aber etwas Zeit ...«

»Dit is mir ejal, wat Se jesagt ham«, keift er und sprotzt einige Milliliter Speichel auf mein Hemd. Ich befürchte, sein Kopf könnte platzen, so hochrot ist er, mit zuckenden Augenlidern, knolliger Triefnase und zusammengebissenen Kiefern.

»Ich kümmere mich darum«, rufe ich nervös, während Simons Laubgebläse röhrt und Bellas Lied vom Balkon durch die Straßen donnert.

»Dummet Jelaber, ick nehm dit jetz selbst in die Hand«, quäkt Potschinski und versucht sich ins Haus zu drängeln, doch wie ein knallharter Türsteher weise ich ihn energisch zurück. Andernfalls würde es garantiert zu Todesfällen kommen und ich müsste entweder Bella unten von der Straße oder Simon aus dem Rasenmäher kratzen.

»Ick geb Ihnen drei Minuten. Wenn denn keene Ruhe ist, ruf ick die Polizei«, plärrt mir Potschinski ins Ohr.

Ich schließe die Haustür und rufe zu Esther in die Küche: »Die Bullen kommen, wenn der Krach nicht augenblicklich aufhört.«

Aber die einzige Reaktion von meiner Mutter ist: »Oh, die Polizei? Das ist schön, dann können die gleich die Kleiderspende für die Johanniter mitnehmen.«

Auch Till, der die ganze Zeit unter seinen Kopfhörern auf dem Wohnzimmersofa saß, läuft nun stürmisch zu uns in die Küche. »Polüzei? Cool! Vülleicht darf ich dann endlich mal mit Blaulücht fahren.«

»Wenn du den Herrn Wachtmeister ganz lieb bittest, vielleicht.«

Esther stellt eine Karaffe mit einer gelblich schimmernden

Flüssigkeit auf den Tisch. »Ich habe uns eine Eisenkraut-Schorle gemacht. Willst du einen Schluck, Till?« Er nickt, rennt zum Regal, angelt ein Trinkglas aus den hinteren Reihen und lässt dabei – wie kann es auch anders sein – die komplette vordere Riege krachend zu Boden gehen. Noch ehe er ein »Tschuldigung« murmelt, wird mir bewusst, wessen Gläser da soeben zu Bruch gegangen sind: meine. Denn im Scherbenhaufen sind eindeutig meine alten Sesamstraßen-Gläser erkennbar.

Ich weiß nicht, wie oft ich mir als Kind früher Senfeier zum Mittagessen gewünscht habe, nur damit der Senf endlich zur Neige ging und ein neues Sammelglas gekauft werden durfte. Dabei habe ich Senfeier gehasst. Und der Lohn für mein jahrelanges Gewürge liegt nun zerbrochen vor mir. Ein Glas jedoch konnte Till noch retten und hält es verlegen in der Hand. Das mit Bert drauf. Und welche Figur aus der Sesamstraße konnte ich auf den Tod nicht ausstehen? Bert.

Scherben, Kindergeheule, Memory und Maschinenlärm: Es reicht. Schnauze voll. Inmitten dieses Chaos hole ich meine Anzugjacke aus dem Schrank, packe Portemonnaie und Schlüssel ein und ziehe die Haustür hinter mir zu. Ich muss hier weg. Sofort.

Kapitel 16

Wer wie ich nervlich am Boden ist, braucht einen guten Freund. Einen, der zuhört, dem man sich anvertraut, bei dem man Dampf ablässt und bei dem die eigene Seele ein bisschen kuscheln kann. Mein Freund heißt Whiskey.

Beim ersten Schluck heißt er mich willkommen und sagt: »Schön, dass wir uns mal wieder sehen.« Dann werden ein paar Harte-Jungs-Sprüche geklopft und schon beim zweiten Schluck legt er seinen Arm um meine Schulter und sagt: »Hey, es gibt doch viel Schlimmeres im Leben als eine Chaostruppe, die dein Elternhaus zerlegt ...« Das stimmt sicherlich, doch angesichts der eigenen Wut fällt es gerade schwer, sich wirklich Schlimmeres vorzustellen. Beim dritten Schluck sagt mein Kumpel: »Kann dir doch alles scheißegal sein. Du bist doch eh morgen wieder in New York.« Und da ist es: Mein erstes Lächeln! Der erste Sonnenstrahl aus den gewittrigen Wolken, die erste Knospe, die den harten Winter ... und so weiter. Ich frage mich, wie der Whiskey, dieser kleine schlaue Fuchs, es immer wieder schafft, Einsichten in mir wachzurufen und zeitgleich meine Stimmung zu heben. Dann wird er beim vierten Schluck fast übermütig: »Wie wäre es, wenn du heute Abend noch was anderes mit nach Hause nimmst außer einem erhöhten Alkoholspiegel. Guck dich doch hier mal um ... vielleicht ist ja was dabei ...« Beim fünften Schluck: »Gut, das mit dem Umgucken war keine gute Idee, es sei denn, du stehst auf Trucker, Schnapsnasen oder Kampftrinkerinnen mit verdammt wenig Zähnen.«

Und so hänge ich an der dunklen, ranzigen Bar von Anitas Rockkneipe, in der Bon Jovis Hits aus den Lautsprechern dudeln.

Neben mir sitzen weitere einsame Gestrandete, nur Barhocker und Alkohol geben uns noch Halt. Wir befolgen alle die unausgesprochene Vereinbarung: Trinken und Klappe halten. Selbst die Fußballspieler im Fernsehen laufen ohne Ton über den Bildschirm. Nur der Spielautomat in der Ecke hält sich nicht daran und bittet in unregelmäßigen Abständen mit Düdelüdelüt-Rufen um Fütterung.

»Noch einen!«, rufe ich über den Tresen und bitte Anita, einen besseren Whiskey aus der Kammer zu holen, einen, der nicht nach Spüli und Frostschutzmittel schmeckt. Ich werde die nächsten Stunden einfach hier in der Bar genießen, wie ein Suff-Surfer die Welle des perfekten Alkoholpegels reiten, ohne dabei in das kalte Wasser der Nüchternheit zu stürzen oder vom Vollrausch überflutet zu werden. Aber im Zweifel gilt: Lieber Vollrausch als nüchtern, denn anders ist das heimische Desaster nicht auszuhalten.

Es ist ein wirklich schöner Abend geworden. Ich habe mit dem Kneipenpublikum irgendwann herrlich tiefgründige Gespräche geführt, über Mütter, Verschwörungen, Mietpreise und darüber, welche Beziehung alle drei Komponenten miteinander haben. Das Redeverbot wurde mit steigendem Alkoholpegel in ein Schweigeverbot verwandelt, sodass alle ihre Lebensweisheiten und -geschichten lautstark zum Besten gaben. Es wurde immer später und meinen Anspruch des stilvollen Besaufens habe ich bei der ersten Runde »Korn aufs Haus« aufgegeben. Halb betrunken ist doch irgendwie rausgeschmissenes Geld. Ich hätte noch ewig so weitermachen können, wenn Anita uns nicht um 0:30 Uhr vor die Tür gesetzt hätte. Uns blieb also nichts anderes übrig, als den Inhalt der allerletzten Pulle Küstennebel brüderlich zu teilen, ehe wir uns verabschiedeten und jeder seines Weges ging. Es ist seltsam, mit Menschen einen Abend zu verbringen, von denen man sich sonst nicht einmal in der Fußgängerzone ansprechen ließe, selbst wenn man nur nach der Uhrzeit gefragt würde. Aber in Krisen und Schicksalsmomenten sind wir alle gleich und das schweißt zusammen.

Wie immer nach solchen Saufgelagen verspüre ich auf dem Heimweg bestialischen Heißhunger, der mich normalerweise zu McDonald's führt, aber hier in heimischen Gefilden zu einem stadtbekannten Fischladen, der diesen unglaublich leckeren, übersalzenen, flamingofarbenen Fischersatz verkauft, der neben Zwiebel und Ei in ein labbriges Brötchen gelegt wird. Auch wenn die grelle, neonrote Pampe gemeinhin als Seelachs durchgeht, so bin ich mir doch recht sicher, dass das Zeug nichts mit natürlichem Fisch zu tun hat, es sei denn, das Tier bewohnte zuvor giftmüllverseuchte Gewässer.

Aber auf die Wirkung des Fischbrötchens ist auch diesmal wieder Verlass, denn als ich mit großer Gier die ersten Bissen hinunterschlinge, wird mir sofort wohliger in Hirn und Magen. Dafür hat sich der kleine Umweg ins Bahnhofsviertel gleich doppelt gelohnt. Ich beschließe, anstatt die Bequemlichkeit eines Taxis zu nutzen, den Rest des Weges zu Fuß zurückzulegen, weil mir die frische Luft gerade ausgesprochen guttut. Mein Rückweg führt durch das Rotlichtviertel der Stadt, wobei der Begriff Viertel maßlos übertrieben ist. Es handelt sich vielmehr um zwei verschränkte Straßen, in denen sich ein einschlägiges Tanzlokal, ein – sagen wir mal – Filmtheater, ein Sexshop und ein Bordell namens Club Rosé befinden.

Warum diese zwei Straßen mit ihren Rotlichtläden immer noch existieren, ist mir ein Rätsel. Außer zugedröhnten Teenies, die hier ihre Abi-Party feiern, oder ein paar notgeilen Jungs, die im Rahmen eines kreativen Junggesellenabschieds einer Stripperin fünf Euro in den Schlüpfer stecken, nutzt doch keiner mehr solche Angebote.

Aber ich weiß noch, dass diese Gassen für mich und meine Freunde früher der Ort unserer verschämten Begierde war. Keiner von uns hat sich jemals getraut, in den Sexshop zu gehen, um dort hemmungslos zu stöbern, denn jeder hatte Angst davor, schon am Eingang abgefangen und nach dem Personalausweis gefragt zu werden. Wir selbst waren natürlich nur mit dem Kinderausweis ausgestattet, dessen eingeprägte Geburtszahlen durch etliche glücklose Fälschungsversuche mit Tipp-Ex schon gar nicht mehr lesbar waren. Und so steigerten wir uns in Gerüchte und Mutproben rund um die sündigen Gassen unserer Stadt, träumten von Besuchen in einem der Etablissements, aber waren letztendlich doch immer auf die Transportdienste größerer Brüder angewiesen, die das ein oder andere Heftchen von unserem zusammengelegten Taschengeld im Shop erwarben. Diese Dienste ließen sich die Gauner im Übrigen stattlich bezahlen, obwohl sie unsere bestellte Ware stets zuvor auf die Einhaltung erotischer Qualitätsmaßstäbe zu prüfen wussten. Als wir dann irgendwann später selbst mal achtzehn wurden und es folglich nicht mehr verboten war, die Einrichtungen der Gassen zu besuchen, ließ die Spannung aber sehr schnell nach. Und seitdem es die Dinge des sexualpraktischen Bedarfs auch im Internet zu bestellen gibt, hat eigentlich auch kein Mensch mehr Grund, einen Sexshop aufzusuchen. Zumal im Netz die Ware ohne die Erniedrigung zu haben ist, beim Bezahlen an der Kasse in das Gesicht einer Kassiererin zu blicken und so tun zu müssen, als sei der Erwerb von audiovisuellen Vorschlägen zur Durchführung von Geschlechtsverkehr ähnlich banal wie der Kauf von Kaugummis am Kiosk.

Gerade passiere ich den Puff der Straße, als plötzlich aus der Eingangstür eine großporige rote Nase auf die Straße tritt, an der bei genauerem Hinsehen auch noch ein älterer, untersetzter Mann mit spärlichem Haarwuchs und altmodischem Hemd dranhängt.

»Hey, Achtung, passen Sie auf«, rufe ich im Affekt und kann gerade noch verhindern, den letzten Rest des Fischbrötchens an den Bürgersteig zu verlieren. Verdruckst guckt sich der Kobold um, und als sich unsere Blicke treffen, zucken wir beide kurz zusammen.

»Herr Potschinski, sieh mal einer an …« Mein Nachbar, der Puffgänger, auch wieder so ein Titel für eine Talkshow, an der ich heute teilnehmen könnte.

»Et is nich so, wie et aussieht«, sagt er unsicher und gerät ins Stottern.

»Wie sieht es denn aus?«, frage ich heiter und finde die Tatsache, ihn beim Bordellbesuch erwischt zu haben, irgendwie amüsant.

»Ick habe da drin nur fürn Freund wat orjanisiert. Nüscht weiter.«

Ich nicke und wische mir mit der Serviette die letzen Ei-Reste aus dem Mundwinkel.

»Dit is allet 'ne Überraschung, also dürfense meena Frau ooch nix davon erzählen, hörnse?«

»Was hat denn Ihre Frau damit zu tun?«, grinse ich und bereue es fast, Potschinski derart vorzuführen. Denn im Ernst, wer so ein Monsterweib zur Frau hat, dem kann man eine Visite im Freudenhaus wirklich nicht verübeln.

»Also, nix meena Frau sagen, verstanden?«, und mit einem Anflug von Panik ergreift er kurzerhand die Flucht, bevor ich ihm überhaupt antworten kann.

In dem Moment fliegt hinter mir die Bordelltür auf. »Ach, jetzt ist er schon weg …«, schnalzt eine überdrehte Stimme. »Dabei hat mein Tigerchen sein Portemonnaie bei mir liegen gelassen. Tststststs.«

Ich drehe mich um und erblicke eine dralle Mittvierzigerin in einem bunten Strassfummel, die sich eine Geldbörse vorn in den Ausschnitt steckt.

»Na, wen haben wir denn da?«, raunt sie mir zu, während sie sich eine dieser Lungenfraß-Zigaretten anzündet, die es locker mit den Schadstoffwerten einer chinesischen Großstadt aufnehmen können. »Na, Mäuschen, dürfen wir dich auch ein bisschen verwöhnen?«, schnalzt sie keck zu mir herüber.

»Ganz nett, aber leider kein Bedarf.«

»Och, Schätzchen. Ich seh dir doch an, wie nötig du es mal wieder hast.«

Um bloß nicht den Wahrheitsgehalt dieser Aussage zu hinterfragen, wechsele ich das Thema: »Das war ein guter Bekannter von mir. Herr Potschinski. Ich kann ihm das Portemonnaie zurückbringen, wenn Sie wollen.«

»Netter Trick, Schätzchen, aber ich gebe doch nicht das beste

Stück meiner Gäste aus den Händen. Das muss er sich schon selbst bei mir abholen.«

Ich zucke mit den Achseln und will weitergehen.

»Mäuselein, jetzt lauf doch nicht gleich weg. Dafür biete ich dir das Gleiche, was dein Bekannter gerade hatte, zum Sonderpreis.«

»Was hatte er denn?«, frage ich schamlos und weiß, dass der Alkohol mir jegliche Hemmung nimmt.

»Das volle Programm. Kriegt er alle zwei Wochen von mir, seit drei Jahren. Komm, ich zeig's dir.«

»Ähm, nein danke, besser nicht.«

»Ach, sei doch nicht so prüde. Ich geb dir das brave Schulmädchen, das französische Au-Pair oder auch das verwöhnte Biest. Was darf's sein?«

»Mein Bett!«, antworte ich prompt und entferne mich mit schnellen Schritten.

Kapitel 17

Ein gellender Schrei reißt mich aus dem Schlaf. Ich stehe senkrecht im Bett und reibe mir die Augen. Es war natürlich gnadenlos naiv zu glauben, an einem Mittwochmorgen in diesem Haus länger schlafen zu können als bis 7:30 Uhr, denn das ist exakt die Uhrzeit, die Esthers Wecker auf dem Nachttisch gerade anzeigt. Wegen der Sauferei habe ich noch stärkere Kopfschmerzen als gestern, obwohl ich das widerwärtige Kräuterkissen schon gegen ein normales ausgetauscht habe.

Ich versuche meine vier verbliebenen Sinne bestmöglich zu sortieren (der Geschmackssinn wurde von der postalkoholischen toten Ratte auf der Zunge bereits besiegt), schäle mich aus dem Bett und blicke aus dem Fenster, um herauszufinden, was unten im Garten los ist. Till heult, Esther tobt, Simon schimpft, Merle wütet und Bella faucht wie eine aggressive Katze. Also wieder der ganz normale Familienwahnsinn, vor dem ich gestern erst in die Kneipe geflüchtet bin. Ob Anita ihre Bar um 7:30 Uhr bereits geöffnet hat? Angesichts des nicht enden wollenden Geschreis dort unten hätte ich nämlich wieder Bedarf.

In Esthers Filzpantoffeln trotte ich gähnend die Treppe hinunter, trinke zwei Gläser kaltes Leitungswasser gegen den Nachdurst, nehme mir eine Laugenbrezel aus dem Brotkorb und betrachte den Aufruhr im Garten aus einiger Entfernung. Doch als mir klar wird, was sich zugetragen hat, vergeht mir schlagartig der Appetit. Ich eile ebenfalls nach draußen und kämpfe gegen die auftretende Übelkeit.

Der Kaninchenstall ist blutverschmiert, Hildegard liegt tot im roten Stroh, mit etlichen Stichwunden gemartert. Das muss ein regelrechtes Kaninchen-Massaker gewesen sein, denn selbst an den Stallwänden sind Blutspritzer zu finden.

Kurzerhand übernehme ich das Kommando. »Merle und Esther, geht ihr bitte mit Till ins Haus. Ich kümmere mich mit Simon um Hildegard.«

Ohne jegliche Gegenrede führen die beiden den völlig aufgelösten Till ins Wohnzimmer, wo er sich schluchzend auf die Couch setzt, Esther an seiner Seite, Merle kniend vor ihm. Beide reden tröstend auf ihn ein.

»Was ist hier passiert?«, frage ich Simon.

Er berichtet, dass Till soeben dieses Blutbad vorgefunden habe, als er wie jeden Morgen vor dem Kindergarten sein Kaninchen füttern wollte.

»Gestern Abend hat sie noch gelebt?«, frage ich und klinge irgendwie nach Tatort-Kommissar.

Ja, Till habe noch vor dem Schlafengehen Futter in Hildegards Stall gelegt und zu dem Zeitpunkt sei noch alles in Ordnung gewesen.

»Die Tat muss also irgendwann danach passiert sein. Später Abend oder in der Nacht.«

Simon deutet wortlos zum Nachbarhaus hinüber.

Ich nicke. »Das ist auch meine Vermutung.«

Mit einem Mal schießen mir die Worte von Frau Potschinski wieder durch den Kopf: »Dreh dieser Kanaille den Hals um.« Kann es sein, dass ihr Mann in blindem Gehorsam »Kanaille« mit »Kaninchen« verwechselt hat?

»Simon, eins ist ja wohl klar: Das gibt …«

»Rache!« antwortet er aus eng gezogenen Sehschlitzen und ich stimme entschieden zu. Wir besiegeln diese Übereinkunft mit einem lässigen Sportlerhandschlag und gehen an die Arbeit. Simon hebt hinter der Buche ein tiefes Loch aus, ich bugsiere Hildegard derweil mit aller Vorsicht in eine alte Obstkiste, bedecke sie mit frischem Stroh und stelle das ganze Paket für die spätere Beerdigung vor der Grabstätte ab. Schließlich säubern wir noch gemeinsam den Stall und entfernen alle Blutspuren, bevor wir zu den anderen ins Haus gehen.

Merle kommt zur Haustür herein, knallt die Tür ins Schloss und läuft aufgebracht zu uns ins Wohnzimmer. »Der Penner streitet natürlich alles ab. Und die Alte will auch nichts mitbekommen haben.« Sie lässt sich wütend mit verschränkten Armen neben Till in die Couchkissen fallen.

»Wer sollte es sonst gewesen sein? Das war Potschinski, hundertprozentig«, sagt Simon.

Merle springt wieder auf und läuft zum Telefon. »Eine Idee habe ich noch«, sagt sie und wählt eine dreistellige Nummer.

»Ja, hallo, Polizei, hier bei Heitmanns. Unser Kaninchen wurde ermordet. Blutrünstig erstochen. Können Sie mal bitte vorbeikommen und sich die Sache anschauen?«

Wir hören eine Männerstimme am anderen Ende der Leitung, deren Antwort wir an Merles Gesicht ablesen können.

»Wieso denn nicht? Sie kommen doch sonst wegen allem Möglichen bei uns vorbei. Gestern erst wegen Ruhestörung, davor war es Hausfriedensbruch, Erregung öffentlichen Ärgernisses und was weiß ich nicht noch alles.«

Wir hören wieder Gemurmel durch die Ohrmuschel.

»Kein ausreichender Anlass? Ist Mord für Sie kein Anlass?« Merle drückt sich den Hörer fester ans Ohr.

»Doch, natürlich war es Mord. Was spielt es denn da für eine Rolle, dass es sich hierbei um ein Kaninchen handelt?«

Wieder Genuschel aus der Leitung.

»Ach, wissen Sie was? Sie könn' mich mal! Und wenn das jetzt Beamtenbeleidigung war, dürfen Sie wie gesagt gerne vorbeikommen. Lindenallee 4. Schönen Tag noch.«

Sie knallt wutentbrannt den Hörer auf die Gabel. »Also, Leute, wir brauchen einen Plan.«

»Ganz recht!«, bestätigt Esther und räumt notdürftig das Frühstücksgeschirr zur Seite. »Kommt her, wir machen Familienrat!«

Bei diesem Stichwort sucht jeder seinen Sitzplatz auf, gießt sich noch etwas von der kaffeeartigen Brühe nach, während ich mir eine Aspirin gönne, um die Suff-Kopfschmerzen zu besiegen.

Meine Mutter eröffnet hochoffiziell die Familiensitzung. In Runde eins wird zuerst die Sachlage erörtert. Dieser Punkt ist schnell abgehakt.

Runde zwei: ungeklärte Fragen.

Ich: »Könnte es sein, dass Frau Potschinski die Mörderin ist?«

Antwort Merle: »Nein. Die ist zwar assi, aber nicht bösartig, so wie ihr Mann.«

Ich: »Sie könnte ihn aber angestiftet haben.«

Antwort Esther: »Na und? Dann muss er doch noch lange nicht zur Tat schreiten. Ich esse ja auch keinen Döner, wenn man das von mir verlangt!«

Ich: »Könnte es vielleicht jemand ganz anderes gewesen sein?«

Antwort Simon: »Wer sollte sich denn sonst an einem Kaninchen vergehen? Hildegard war Potschinski schon von Anfang an ein Dorn im Auge. ›Dein Vieh jehört in'n Pott‹, hat er mal zu Till gesagt.«

Keine weiteren Fragen.

Runde drei: Urteil. Der Familienrat kommt objektiv wie ein amerikanisches Militärgericht zu dem einstimmigen Urteil, dass Herr Potschinski Hildegards Mörder sein muss.

Runde vier: Angebrachte Maßnahmen. Jeder darf nun seine ganz individuelle Idee einbringen, wie man Potschinski eine Lektion erteilen könnte. Hinterher wird familiendemokratisch abgestimmt, welche der Maßnahmen tatsächlich ergriffen wird. Das Rachemotto dabei: »Schwein sein kann fein sein.« Grunz.

Mir ist zwar schleierhaft, wie der proklamierte Gewaltverzicht des Hauses mit einem Rachefeldzug zusammenpasst, aber das bringe ich lieber nicht zur Sprache.

»Mich beschimpft Potschinski immer als Sekten-Schlampe«, beginnt Esther. »Wisst ihr was? Ich hetze ihm ein paar stadtbekannte Scientologen auf den Hals und behaupte, dass bei den Potschinskis enorm viel Geld zu holen ist und sie sich unter keinen Umständen abwimmeln lassen sollen.« Wir brechen spontan in Gelächter aus. Wie herrlich es ist, böse zu sein.

»Was haltet ihr davon, wenn ich eine geöffnete Konserve Surströmming auf Potschinskis Terrasse werfe? Einige Büchsen davon habe ich noch vom Schrottwichteln letztes Jahr übrig«, schlägt Merle vor.

»Surströmming? Was ist denn das?«

»Ein faulig riechender, sauer gegorener Fisch aus Schweden. Stinkt wie ein Dixi-Klo auf'm Hurricane Festival in praller Sonne.«

Wieder klatschen wir vergnügt in die Hände und glucksen schadenfreudig.

»Ich habe mir überlegt, mit meiner FKK-Gruppe eine Straßendemo vor Potschinskis Haus abzuhalten. Die melden wir natürlich vorher bei der Stadt als politische Kundgebung an, somit ist Potschinskis Haus nämlich hundertprozentig als FKK-Schauplatz in den regionalen Medien.« Wir kommen allmählich wirklich in Fahrt. Unsere Gesichter strahlen wie 100-Watt-Glühbirnen.

»Ich könnte mehrere Liter Baldrian aus der Apotheke besorgen und das Zeug heimlich in Potschinskis Garten auskippen«, bringt nun Bella ihren Vorschlag ein. »Katzen lieben Baldrian. Dann werden überall in seinem Garten kleine süße Miezekatzen herumstreunen.«

»Die Viecher werden nervtötend maunzen, sich laut paaren und seinen Garten in eine Katzenkloake verwandeln. Herrlich«, feixt Esther. »Till, was ist dein Racheplan?«

»Nüx, ich wüll einfach nur Hüldegard wiederhaben«, wimmert er und springt zu Merle auf den Schoß, die ihn küsst und liebevoll streichelt. Ich kann Till schlecht vorwerfen, eine Spaßbremse zu sein, aber dennoch steht seine berechtigte Trauer irgendwie in vollem Gegensatz zu unserer aufgedrehten Rachestimmung.

»Und du, Philip?«, will Merle wissen. »Hast du einen Vorschlag?«

Um die Spannung zu steigern, halte ich kurz einige Sekunden inne, dann spiele ich mein Ass aus den Ärmel: »Ob ihr es glaubt oder nicht, ich habe Potschinski gestern vorm Club Rosé erwischt.«

»Du warst im Puff?«, fragt Esther bestürzt.

»Nicht ich war im Puff, sondern Potschinski. Er ist mir auf dem Rückweg von der Kneipe direkt vor die Füße gestolpert.«

»Weiß seine Frau davon?«

»Nein. Auf keinen Fall.«

Merle kreischt vor Vergnügen und klatscht wild in die Hände, sodass sich Till an ihr festklammern muss, um nicht zu Boden zu fallen. Ich erzähle kurz, wie sich die nächtliche Begegnung mit Potschinski zugetragen hat, und schaue anschließend in völlig euphorisierte Gesichter.

»Was is'n ein Puff?«, fragt Till dazwischen.

»Da gehen erwachsene Männer hin, um mit Frauen zu kuscheln«, antwortet Merle.

»Aber der hat doch 'ne Frau?«

»Ja, aber die ist hässlich«, blökt Bella in die Runde.

»Dann wird er Hildegard vor seinem Puffbesuch getötet haben«, grübelt Simon laut, »denn nach eurer Begegnung hat er sich das ganz bestimmt nicht mehr getraut.«

»Glaub ich auch. Dieser Typ ist echt Abschaum«, sagt Merle. »Erst murkst er Hildegard ab und geht dann vögeln. Echt krass.«

»Ich dachte, der geht üm Puff kuscheln?«

»Ja, mein Schatz. Vögeln sagt man, also, nun ja …«

»… wenn ein Mann seinen erigierten Penis in die Scheide einer Frau einführt. Das nennt man vögeln«, lässt Esther die Sexualberaterin wieder in sich aufleben.

»Wie dem auch sei. Ich würde also rübergehen und Frau Potschinski mitteilen, dass sich ihr ehrenwerter Gatte gestern Nacht im Puff herumgetrieben hat. Außerdem weiß ich aus gesicherter Quelle, dass er dort seit über drei Jahren …«, mit Blick auf Till, »… kuscheln geht.«

»Na, was das für eine gesicherte Quelle ist, möchte ich mal wissen«, grunzt Esther.

»Das hat mir seine Animierdame höchstpersönlich mitgeteilt.«

»Also, meine Stimme hast du!«, freut sich Merle. Die anderen jubeln ebenfalls und applaudieren, bis Familienoberrätin Esther ihr Votum verkündet: »Also gut. Gewonnen hat die Maßnahme Potschinski im Puff. Philip, du bist der Vollstrecker.«

»Aber eine Sache noch: Was ist, wenn er alles abstreitet? Er kann doch einfach behaupten, dass er gar nicht im Puff war«, gibt Simon zu bedenken.

Mit schelmischem Grinsen antworte ich: »Tja, aber der Blödmann hat dort sein Portemonnaie vergessen, das weiß ich wieder aus …«

»… gesicherter Quelle«, vollenden alle im Chor.

»Genau. Wir können nur hoffen, dass er seinen Verlust bis jetzt noch nicht bemerkt hat und Frau Potschinski gleich höchstpersönlich losgeht, um das Beweismittel aufzuspüren.« Ich reibe mir die Hände und nehme tatendurstig meine Mission in Angriff.

»Philip, bitte pass aber trotzdem ein wenig auf dich auf. Frau Potschinski ist unberechenbar wie ein Pitbull«, warnt mich Esther an der Haustür. Auch Till kommt dazu, um mir für meine Aufgabe Glück zu wünschen.

»Mach dir keine Sorgen, Mama. Die werde ich schon mit meinen männlichen Reizen um den Finger wickeln …«

»Für diese Frau brauchst du eher deine femininen Reize.«

»Und falls die düch hauen will, dann hülft nur eins: inne Eier treten und ganz schnell weglaufen«, sagt Till und grinst über beide Ohren.

Dieser Tipp kommt mir irgendwie bekannt vor.

Kapitel 18

Ich stehe vor der Haustür der Nachbarn und drücke den Klingelknopf. Dass ich nach dem gestrigen Gelage schon wieder so viel Schwung habe, wundert mich selbst ein wenig. Kurz schaue ich zu unserem seitlichen Küchenfenster hinüber und sehe dort die Köpfe von fünf neugierigen Menschen, die hysterisch winken, ihre Daumen hochhalten und zeitgleich um die beste Sicht am Fenster rangeln.

Ich kann nur hoffen, dass Frau Potschinski die Tür aufmacht, denn für Herrn Potschinski habe ich keinen Plan B parat.

Aber wenige Sekunden später die Erleichterung. »Ich gehe schon, Eberhard!« dröhnt es durch das Haus, gefolgt von einem Getrampel, das an eine Bisonherde erinnert.

»Sie schon wieder. Was wollen Sie denn?«, schnaubt mir Frau Potschinski entgegen, als sie die Tür öffnet.

Meine Taktik: Nicht gleich angreifen oder lospoltern, sondern erst mal in bester Flirt-Manier eine Vertrauensbasis schaffen. Und mit Komplimenten flirtet es sich bekanntlich am besten. Leider versagt mein Repertoire an charmanten Anmachsprüchen angesichts dieses kernigen Vollbluts. Weil mir auf die Schnelle nichts Besseres einfällt, höre ich mich sagen:

»Mmmh, Sie riechen aber gut. Ist das etwas Exotisches?«

»Wenn Sie es genau wissen wollen, das ist mein neues Deo. Vanilla-Kokos. Gefällt's Ihnen?«

Ich nicke angestrengt mit dem Kopf und hoffe, einigermaßen glaubwürdig auszusehen. »Ich rieche jetzt wie Urlaub, finden Sie nicht?«

Ich denke: »Sie riechen, als hätten Sie sich ein Bounty unter die Achseln geschmiert.«

Ich sage: »Sie riechen fantastisch, wie ein kleiner Urlaubsflirt«, und muss mich fast an den eigenen Worten erbrechen.

»Ach, Sie sind ja ein Süßer.« Sie spielt verlegen an ihrer Halskette, an der sich verzierte Eulen aufreihen. »Sind Sie jetzt nur gekommen, um mir Komplimente zu machen? Oder kommen Sie auch wegen der Sache mit dem Karnickel?«

»Wegen beidem, ehrlich gesagt. Haben Sie denn gestern Abend noch etwas Auffälliges gehört oder gesehen?«

»Nein, das habe ich dieser Kellnerin auch schon gesagt. Ich bin früh schlafen gegangen. Und mein Mann hat mir hoch und heilig versichert, dass er dem Vieh nichts getan hat. Er würde mich niemals anlügen, das traut er sich nicht.«

»Haben Sie denn irgendeine Idee, wer sonst für so eine Tat ...«

»Und ich ...«, unterbricht sie mich, »könnte einem Tier nichts zuleide tun, das können Sie mir glauben. Tiere sind doch so viel besser als wir Menschen. Wenn ich nicht diese verdammte Allergie hätte, würde ich einen Hund besitzen und keinen Ehemann.«

Na ja, Herr Potschinski ist ja quasi beides in einem. Aber wie bekomme ich jetzt am besten wieder die Kurve?

»Ach, Frau Potschinski, mir geht es eigentlich auch um etwas ganz anderes. Mir geht es ... um Sie. Als Frau. Als verheiratete, ehrenvolle Frau.«

Bei diesen Worten wird sie plötzlich hellwach.

»Wissen Sie, Frau Potschinski, ich mag Sie. Sie sind ... so authentisch. Und weil ich Sie als Person schätze, habe ich lange mit mir gerungen, ob ich es Ihnen überhaupt sagen soll. Aber ich halte es für meine Pflicht, ja, für meine Pflicht, Ihnen mitzuteilen ...«, während meiner rhetorischen Glanzleistung beugt sich Frau Potschinski mit geschürztem Mund immer weiter zu mir vor, »... Ihnen mitzuteilen ...«

»Ja, mein Süßer, teile es mir mit ...«

»... dass Ihr Mann ... in den Puff geht.«

Sofort verfinstert sich ihre Miene, sie fährt ihre stramme Oberweite zurück und verschränkt die Arme wie ein posierender Boxer.

»Das ist ja eine Unverschämtheit! Wie kommen Sie denn darauf?«, blafft sie.

Mein Herz schlägt auf Maximalpuls. »Ich habe gestern zufällig gesehen, wie Ihr Mann aus dem Club Rosé kam.«

»Das kann gar nicht sein. Der war gestern bei seinem Männerstammtisch.«

Ich streiche mir bedeutungsvoll über den Dreitagebart. »Männerstammtisch? So könnte man das natürlich auch nennen. Eine der Damen sagte mir, dass Ihr Mann dort alle zwei Wochen zu Besuch kommt, und das sogar schon seit über drei Jahren.«

»Eine Frechheit ist das«, poltert sie, »meinem Mann so etwas zu unterstellen. Hören Sie mal, Bürschchen, wir sind seit 28 Jahren verheiratet. Das würde mein Mann niemals tun.«

Stille. »Aber seinen Männerstammtisch hat er tatsächlich zweimal im Monat, seit etwa drei Jahren ...« Bingo, das Gift fängt langsam an zu wirken. Wäre ich Neurologe, könnte ich jetzt sicherlich Frau Potschinskis Synapsen britzeln hören, wenn sie die angeblichen Stammtischverabredungen ihres Mannes im Kopf durchgeht.

»Wat is'n, Erika? Is ditte wieder die Schmeißfliege von drüben?«, bölkt es auf einmal aus der oberen Etage.

»Ruhe, Eberhard, ich unterhalt mich hier!« Sie macht einen Schritt vor die Tür und kommt mir gefährlich nahe. Grimmig schaut sie mir in die Augen.

»Wieso soll ich Ihnen glauben? Sie haben doch keine Beweise«, flüstert sie.

»Doch. Ich weiß, dass Ihr Mann sein Portemonnaie gestern im Club Rosé liegen gelassen hat. Sie können ja vor Ort nachfragen ...«

»Und wieso wissen Sie das alles? Sie waren wohl auch da?«

»Frau Potschinski, glauben Sie, dass ich so was nötig habe?«

»Aber mein Mann hat's nötig oder was?«, brüllt sie aufgebracht.

»Nehmen Sie das Ganze bitte nicht persönlich. Sie sind, wie gesagt, eine wirklich tolle Frau. Und das meine ich ganz, ganz ehrlich ...«

Bei dieser feisten Lüge wäre es geboten, zumindest Mittel- und Zeigefinger zu überkreuzen. Aber dazu bin ich nicht imstande, weil Frau Potschinski jede meiner Gesten mit Argusaugen auf nervöse Auffälligkeiten prüft.

»Mir war es wichtig, Sie als treu sorgende Gattin darüber zu informieren. Ich kann es nicht ertragen, dass Sie hintergangen werden, wissen Sie?!«

Sie fährt sich durch das strohige Haar, fummelt an der Kette und dreht einige Eulen wieder mit dem Gesicht nach vorn.

»Ich glaube Ihnen kein Wort, aber ich werde der Sache nachgehen«, sagt sie. »Und jetzt verschwinden Sie.«

»Viel Glück«, sage ich noch bedeutungsschwer, ehe sie mir die Haustür vor der Nase zuknallt. Ich verharre noch kurz, bis ein Donnern das ganze Haus erbeben lässt.

»Eeeeeeebaaaahaaaaaat, du kommst jetzt zu mir, aber ganz schnell!«

Ich husche durch den Vorgarten zurück in unser Haus und werde in der Küche von einer aufgeregt jubelnden Menge empfangen. Merle fällt mir um den Hals, Simon klopft mir kumpelhaft auf die Schulter, Till umarmt mein rechtes Bein und Esther streicht mir über die Wange.

»Wir platzen vor Neugier. Schieß los!«

Ich rekapituliere die wichtigsten Details des Gespräches. Gerade als ich mit meinem Rapport fertig bin, deutet Simon zum Fenster und wir sehen durch den Gardinenspalt, dass beide Potschinskis zu Fuß das Haus Richtung Stadt verlassen. Sie sieht aus wie eine Domina, er wie ein verschüchtertes Hündchen, das an der Leine Gassi geführt wird. Ich kann mir gut vorstellen, was jetzt passiert: Frau Potschinski wird ihn zwingen, im Club Rosé die Herausgabe seines Portemonnaies zu verlangen. Und wenn es ihm tatsächlich ausgehändigt wird, so viel ist gewiss, können wir einen Leichenwagen bestellen.

Kapitel 19

Die Beerdigung von Hildegard gleicht einer Faschingsparty. Ich stehe vor dem Kaninchengrab neben Bella, die ein schwarzes Kostüm trägt, einen schwarzen Hut mit irgendwelchen Zweigen daran, eine riesengroße schwarze Fullface-Sonnenbrille und knallrote Lippen. Dazu hat sie sich schwarze Stulpenhandschuhe übergestreift, die extrem an tierärztlichen Fachbedarf erinnern, wenn man mal von hinten in die Kuh muss. Auf der anderen Seite steht Merle, die sich von einem Bunny-Kostüm das Schwänzchen hinten auf die Jeans geklebt hat. Esther trägt eine Art Haarreif mit Kaninchenohren, dazu eine Küchenschürze, auf der sich bildhaft einige Häschen um Löwenzahn balgen. Simon hat als Trauerschmuck ein Bund Möhren um den Hals hängen, Till hingegen ragen aufgeklebte Hasenzähne aus dem Mund. Nur ich komme mir mit weißem Hemd und schwarzer Hose völlig underdressed vor. Immerhin hat mir Merle zuvor als Einstecktuch ein großes Salatblatt in meine Hemdtasche drapiert.

Till hat sich nämlich eine »schöne Kaninchenbeerdigung« gewünscht, was in diesem Fall bedeutet, dass wir alle etwas tragen, worüber sich Hildegard gefreut hätte.

Mit ernsten Gesichtern stehen wir am Grab, Merle und Esther sagen ein paar rührende Worte über Hildegards hoppelndes Leben, Simon trägt ein selbstverfasstes Gedicht vor (das auf die sinnigen Zeilen endet: »Dein Leben war schön, dein Tod war hart, wir vermissen dich, oh Hildegard«) und zum Abschluss der Trauerfeier singen wir noch ein paar Lieder, unter anderem »Häschen in der Grube«.

Nachdem Simon und ich die Kaninchenkiste dann behutsam

in die ausgehobene Kuhle manövriert und mit Erde zugedeckt haben, tritt Bella ans Grab, fällt auf die Knie, küsst den Boden und intoniert anschließend mit Erdkrümeln im Mundwinkel ihre Trauerversion von Memory. Sofort versuchen wir ihre Gesangseinlage zu stoppen, doch eine Sache irritiert: Bella trifft jeden Ton. Kein Geplärre mehr wie sonst, kein Gekreische, kein Krähen, sondern eine klare, schöne Stimme, die unter die Haut geht. Ob man es glaubt oder nicht, dieses furchtbare Lied klingt zum ersten Mal ergreifend, sodass Esther in Simons Armen versinkt, Till die Tränchen über die Wangen kullern und Merle sich kurzerhand bei mir unterhakt. Und so stehen wir da, trauern um das getötete Kaninchen, und zu meiner eigenen Überraschung spüre ich so etwas wie Zuneigung zu diesem chaotischen Haufen. Fast schade, dass ich in wenigen Stunden schon wieder abreisen muss.

Nach der Beerdigung bleiben Esther und ich im Garten zurück, suchen uns ein schattiges Plätzchen unter dem Haselnussbaum und setzen uns mit Schwung in die Hollywoodschaukel. Dass es mit diesem altertümlichen Gestell noch keine Unfälle, Stürze oder zumindest Quetschungen gab, ist eigentlich ein Wunder. Denn meine Schwester und ich sind damals schon auf dem Ding rumgeturnt und haben Weitsprung-Wettbewerbe gemacht, Affenfamilie oder Schiff in Seenot gespielt. Esther und ich schaukeln gemütlich, während die anderen im Haus den Leichenschmaus vorbereiten. Dem verschreckten Till mussten wir erst mal erklären, dass hierfür weder Hildegard noch andere Verstorbene ausgebuddelt werden, um als Fleischzugabe auf unseren Tellern zu landen.

»Till hat mir übrigens erzählt, wie dein Herzinfarkt zustande kam. Sehr interessant.«

»Wieso?«, fragt Esther arglos und stößt die Schaukel erneut vom Boden ab.

»Dein Herz hat versagt, weil Simon auf dir … schwitzte!«, sage ich und gucke in das verdutzte Gesicht meiner Mutter.

»Philip, dass du immer noch so verklemmt über Sex redest. Das erklärt auch, warum es bei dir mit den Frauen nicht klappt. Ich würde auch weglaufen, wenn einer ewig rumdruckst, anstatt einfach mal bumsen zu sagen.«

Natürlich spricht meine Mutter das besagte Wort mit weichem »s« aus.

Meine Entdeckung kommentiert sie dann im Folgenden völlig ungerührt: »Ja, Simon und ich hatten Sex, als ich den Anfall bekam, na und? Simon bat mich, dir nichts davon zu sagen, weil es ihm irgendwie unangenehm war. Völlig albern aus meiner Sicht, aber nun gut ...«

»Unangenehm? Das ist mega-peinlich!«

Esther zuckt mit den Achseln.

»Und wie kommst du darauf, dass es bei mir mit den Frauen nicht mehr klappt? Ich habe durchaus Sex, nur rede ich nicht darüber.«

»Und warum ist keine dieser Frauen jemals bei dir geblieben und wurde mir mal vorgestellt?«

»War eben noch nicht die Richtige dabei!«

»Dass du mal heiratest, werde ich wohl nie erleben«, seufzt Esther. »Dabei bin ich auf den Moment vorbereitet, seitdem du als Fötus einen Dottersack hattest. Ich weiß sogar schon, was ich zu deiner Hochzeit anziehe.«

»Vorher müsste ich erst mal eine Frau finden und das ist bekanntlich nicht ganz so trivial.«

»Ach, du wirst schon merken, wenn die Passende vor dir steht. Denn wie sagte Hermann Hesse so schön: Und jedem Anfang wohnt ein Zauber inne ...«

»... und jedem Ende ein Embryo, wie man ja wunderbar an Merle studieren kann.«

Esther holt neuen Schwung und setzt die Schaukel wieder in Bewegung.

»Ich habe für dich übrigens am Donnerstag um 10 Uhr einen Termin beim Chefarzt im Nachsorge-Zentrum ausgemacht. Du musst aber vorher noch die Unterlagen auf dem Küchentisch unterschreiben«, durchbreche ich die Stille.

»Ach, Philip, ich glaube nicht, dass ich deine Ärzte überhaupt noch brauche. Ich fühle mich von Stunde zu Stunde besser.«

»Doch, Mama, bitte. Ich möchte verhindern, dass du dich bei auftretenden Beschwerden wieder irgendeinem Wunderheiler an den Hals wirfst, der deine abklingenden Beschwerden mit … keine Ahnung … Malachit-Staub behandelt.«

»Keine Sorge. In diesem Fall vertraue ich mich durchaus der Schulmedizin an.«

»Ein Pflegedienst kommt ab nächster Woche auch vorbei. Die gucken zweimal die Woche nach dir, checken dich durch und helfen sogar im Haushalt.«

»Wie bitte? Pflegedienst? Den Termin bei deinem Arzt nehme ich meinetwegen wahr, aber diese Krankenversorgung bestellst du gefälligst wieder ab. Damit käme ich mir ja vor wie kurz vor dem Tod. Außerdem habe ich hier die beste Hilfe, die man sich wünschen kann.«

Dann gerät Esther regelrecht ins Schwärmen. Auch wenn hier im Haus alles drunter und drüber ginge, so ist dieser Patchwork-Haufen genau die Art Familie, die sie sich immer gewünscht habe: Vier Generationen unter einem Dach, chaotisch, schräg und alles andere als normal.

»Aber Mama, unterstützen die dich wirklich genug, wenn du schon alle kostenlos wohnen lässt? Dass mit den Stadtwerken, das muss doch wirklich nicht sein.«

»Apropos, wann wird uns noch mal der Strom abgestellt?«

»Gar nicht, ich habe das gestern alles bezahlt.«

»Ach, du bist ein Schatz, Philip. Wie soll ich dir dafür danken?«

»Indem du darauf achtest, dass die anderen dich in Zukunft mehr entlasten, im Haushalt und finanziell. Außerdem möchte ich, dass ihr Kassensturz macht, alle eure Einnahmen und Ausgaben aufschreibt, um zu sehen, wie viel Geld ihr im Monat, in der Woche, am Tag zur Verfügung habt. Und dann wird ein Finanzplan aufgestellt, wofür Geld ausgegeben wird und wofür nicht. Ganz einfach. Und ich bestehe darauf, diesen Plan gegenzuchecken. Verstanden?«

»Ja, Herr Bänker. Aber danach brauche ich zur Entspannung erst mal eine Astralreise.«

»Nein, Mama, für diesen ganzen Eso-Schwachsinn ist die Kohle grundsätzlich gestrichen. Dann gib das Geld lieber deinem Waisenkind in Bangladesch.«

Wir schaukeln weiter, die Sonne kitzelt meine Nase und ich beobachte die Schmetterlinge auf den bunten Blumen im Garten.

»Ach, guck mal«, sagt Esther auf einmal und zieht aus ihrer Schürzentasche einen Glückskeks hervor. »Den habe ich neulich im Asia-Laden gekauft.«

»Willst du ihn gleich wegwerfen?«

»Quatsch, die sind besser als Horoskope. Hier, schenke ich dir.«

»Aber den hast du doch für dich gekauft.«

»Ach komm, mach auf.«

Ich friemele das in Plastik eingehüllte Gebäckstück aus der Verpackung, knicke es in zwei Hälften, ziehe den kleinen Zettel heraus und lese laut vor: »Das Leben ist wie eine Klobrille, man macht viel durch.«

Esther guckt mich einen kurzen Moment an, dann brechen wir beide in Gelächter aus.

»Wenn man das Wort Leben durch das Wort Familie ersetzt, würde es eigentlich noch besser passen«, sage ich, drücke Esther einen kleinen Kuss auf die Wange, dann stecken wir uns jeweils eine Hälfte des Keks in den Mund. Schweigend schaukeln wir einige Minuten hin und her, als plötzlich Simons Stimme zu uns durch den Garten schallt: »Hey, hier ist so ein Kerl vor der Tür, der unser Haus verkaufen will. Hat den einer von euch bestellt?«

»Ach herrje, das ist der Makler«, sage ich mehr zu mir selbst und ernte einen skeptischen Blick von meiner Mutter. »Kannst dem Typ sagen, dass er wieder verschwinden soll. Hat sich erledigt.«

»Alles klar.«

»Du hast einen Makler bestellt? Das ist jetzt nicht dein Ernst?«, schnarrt Esther neben mir aus der Hollywoodschaukel.

»Sei froh, dass es nur der Makler ist. Ich hätte euch am liebsten die Sittenpolizei, einen Sektenbeauftragten, das Jugendamt, die Arbeiterwohlfahrt und was weiß ich nicht noch auf den Leib gehetzt«, sage ich und hoffe auf Esthers untrüglichen Humor.

»Ich würde das Haus nie und nimmer verkaufen, das weißt du hoffentlich.«

»Mittagessen ist fertig!«, schallt es plötzlich aus dem Wohnzimmer.

»Wir kommen!« Esther hakt sich bei mir unter und wir springen aus der Schaukel.

Das Motto der Trauerfeier hat sich schließlich auch beim Mittagessen wiedergefunden. Das Menü bestand nämlich ausnahmslos aus Zutaten, die auch Hildegard gemocht hätte. So gab es als Vorspeise Feldsalat mit Mangold, dann als Hauptgericht Blattspinat, Kohlrabi, Möhrchen und Maiskolben, zum Nachtisch Erdbeeren mit Bananen, dazu Karottensaft. Das Einzige, was ich beim Essen vermisst habe, war Fleisch. Ich glaube, Kaninchen hätte ganz gut dazu gepasst.

»Weißt du, wen ich vor ein paar Tagen zufällig vorm Restaurant getroffen habe?«, fragt Merle, während wir beide nach dem Essen den Tisch abräumen und das Küchenchaos lichten. »Olaf Strecker.«

Ich krame kurz in meinem Gedächtnis. Olaf Strecker?

»Ach, dieser Schauspielstudent, der immer bei uns in der Wohnung abhing?«

»Genau der«, lacht Merle. »Du würdest ihn niemals wiedererkennen. Der sieht jetzt komplett anders aus. Mega abgenommen, andere Frisur, lässiger Bart.«

»Der war doch früher dein angeblich bester Freund. Und ich bin immer noch felsenfest davon überzeugt, dass er in dich verliebt war.«

»Du hast uns immer unterstellt, dass wir heimlich was miteinander hätten. Hatten wir aber nicht. Ich schwöre es.«

»Was fandest du eigentlich an dem? Der war ja nicht gerade das schärfste Messer im Besteckkasten.«

»Mit Olaf konnte ich super über dich ablästern«, sagt sie mit einem Augenzwinkern. »Und stimmt, der Hellste war er nicht, aber zuhören konnte er und dichthalten. Wie ein verstopftes Abflussrohr.« Merle wischt mit einem Handtuch den Esstisch ab und fängt die Krümel in der hohlen Hand auf.

»Seid ihr wenigstens nach unserer Trennung zusammengekommen?«

»Wir haben es versucht. Aber nach einer Woche mussten wir beide feststellen, dass es mit uns nicht klappt. Dann hat er sich nach Jungs umgeguckt und ist mit denen glücklich geworden.«

»Liebe ist wie Pupsen, wenn man es erzwingt, wird's kacke. Habe ich mal irgendwo gelesen.«

»Pffft. Was für ein bescheuerter Spruch. Ist aber leider etwas Wahres dran.«

»Und was macht Olaf jetzt? Ist er Schauspieler am Theater oder auf dem Bahnhofsstrich?«

»Du, das ist eigentlich dasselbe«, lacht Merle. »Olaf hat für die neue Spielzeit ein festes Engagement hier am Stadttheater bekommen. Kratzt jetzt aber noch am Existenzminimum und muss sich was hinzuverdienen …«

»Auf der Kirmes suchen sie doch immer Personal für den Autoscooter«, sage ich scherzhaft, wobei so ein Witz aus meinem Munde vielleicht etwas unpassend ist. Aber Merle gluckst vergnügt und besprüht die vollkommen verkrustete Kochplatte mit Reiniger. Ich schnappe mir einen Schwamm und beginne den Herd zu schrubben, während sie weiter mit der Sprayflasche in der Küche umherwirbelt.

»Und hier …«, sie sprüht auf die Anrichte, »… und hier«, sie sprüht in die Spüle, »… und hier«, sie sprüht mir in den Schritt, »… bitte auch noch schön sauber machen.«

»Sag mal, spinnst du? Das ist ein mega-teurer Anzugstoff. Weißt du, was der kostet?«

»Beruhige dich, ist alles bio. Hinterlässt keine Flecken.«

»Das will ich hoffen …«, sage ich und scheuere die Herdplatten weiter, während Merle mir mit einem Grinsen und verschränkten Armen dabei zuschaut.

»Ähm, Merle, und was machst du jetzt genau, während ich hier schrubbe?«

»Dich überreden, dass du erst morgen fährst und wir heute Abend noch ein Bier zusammen trinken.« Sie setzt sich auf die Anrichte und lässt ihre Beine baumeln. »Ich habe nämlich heute und morgen freigenommen, wegen Till und der Geschichte mit Hildegard.«

»Hast du mir nicht gestern mitgeteilt, dass du mich nie wiedersehen wolltest?«

»Das war vorgestern.«

»Ach so, das ändert natürlich alles.«

»Komm, überleg dir das mit deiner Abreise noch einmal. Würde mich echt freuen.« Sie hüpft von der Anrichte. »Ich muss mich jetzt fertig machen fürs Yoga«, sagt sie und blickt im Gehen auf die blank polierte Kochplatte. »Wow, die glänzt ja wie neu. Falls deine komische Bank pleitegeht, kannst du bei uns auf jeden Fall als Putzhilfe anfangen.«

Ich werfe meinen Putzschwamm nach ihr, der sie knapp verfehlt und dafür unschön an die Wand klatscht. Mit einem Quieken flitzt Merle um die Ecke, schiebt vorsichtig ihren Kopf durch die Tür und deutet auf den Fleck.

»Hier dann auch schön sauber machen!«, grinst sie und verschwindet.

Und in diesem Augenblick ist für mich klar, dass ich heute Abend ein Bier mit Merle trinken muss, komme, was wolle.

Kapitel 20

Meinen Flug habe ich bereits umgebucht, die Fahrt zum Nachsorge-Zentrum auf morgen verschoben. Jetzt muss ich nur noch meinem Chef Bescheid geben, dass ich aufgrund der »apokalyptischen Familiensituation« leider nicht zur morgigen Vorbesprechung erscheinen kann, dafür aber pünktlich zum Kundentermin am Donnerstag. Auf dem Rückflug werde ich die von McKay zusammengetragenen Ergebnisse studieren, meine Analysen und Auswertungen durchgehen und dann ganz einfach auf das Beste hoffen. Keine Ahnung, wo auf einmal diese Gelassenheit herkommt. Normalerweise hätte ich mich in die Arbeit gestürzt, alles penibel vorbereitet, hätte mich kirre gemacht mit allerhand Details, wäre alle Szenarien und Eventualitäten durchgegangen, aber irgendwie bin ich entspannt, als hätte ich stundenlang einen Zen-Garten gepflügt.

Ich weiß allerdings, dass meine Chefs auf mich angewiesen sind, denn ich bin der Einzige, der die unterschiedlichen Sachverhalte dieses Mandats bewerten kann. In diesem Fall habe ich das Detailwissen, kenne alle Paragrafen auswendig und noch dazu die Winkelzüge des Kunden. Also, was soll schon passieren? Ich schreibe eine knappe E-Mail an den Chef und klicke auf »Senden«.

Den Laptop-Deckel habe ich zum Zuklappen schon in der Hand, als plötzlich das Chat-Fenster aufgeht und mir Hannes' Konterfei entgegengrinst. Folgende Nachricht:

»Ich sah gestern immens klasse aus, hatte meinen Baggerzahn draußen und war mega im Self-Sales-Modus ... aber diese Wahnsinnsfrau hat mich einfach nicht rangelassen. Ich bin mir sicher: Armor mobbt mich, die Sau!«

Hannes' Frauengeschichten passen jetzt so gar nicht zu meinen Plänen für einen entspannten Nachmittag, aber seine Nachricht unbeantwortet zu lassen, kommt für mich auch nicht infrage. Also tippe ich zurück:

»Kann es sein, dass die Frau vielleicht einfach 'ne Nummer zu groß für dich war? Eine Ente wie du hat in der Adlerschule nichts zu suchen.«

»Quatsch, ein bisschen größenknallig muss man schon sein, darauf stehen die Frauen. Aber sie hat mir nach fünf Minuten gesagt, dass sie niemals mit mir ins Bett steigen würde. Nach fünf Minuten! Das ist selbst auf meiner Tiefpunktskala der absolute Höhepunkt.«

»Es gibt sicherlich noch andere attraktive Frauen auf diesem Planeten«, halte ich mich vage, um dem Gespräch zu einem frühen Ende zu verhelfen.

»Absolut. Ich versuche heute mein Glück wieder in der Gemischt-Sauna. Dienstag ist Bienchen-Aufguss, da schmieren wir uns alle gegenseitig mit Honig ein. Die Ladys wollen auf diese Weise 'ne schöne Haut kriegen und ich 'ne schöne Lady. Passt also gut zusammen. Schöne Haut habe ich schon.«

»Na, dann viel Spaß.« Aber diese kurze Antwort hält Hannes nicht davon ab, schonungslos weiterzuschreiben. Irgendwie ist er wie Herpes, den wird man nicht los.

»Es gibt übrigens nichts Krasseres als Frauen in der Sauna. Eigentlich musst du schwerhörig sein, um das Gequatsche zu ertragen.«

»Deshalb gehe ich auch nicht in die Gemischt-Sauna. Männer stinken zwar, aber halten wenigstens das Maul.«

»Wo du recht hast, haste recht. Wie läuft's denn bei dir und Merle?«

»Wir trinken heute Abend ein Bier zusammen. Ich komme daher erst Donnerstag zum Termin.«

»Waaaaaaas? Weiß Chefchen das schon? Der flippt aus.«

»Hab's ihm gemailt.«

»Bist du irre? Wirf doch lieber ein Handtuch auf Merle, damit jeder weiß, dass sie deine Liege ist. Dann komm her, mach den Deal, werde innerhalb von wenigen Stunden stinkreich, steige auf, unterschreib meine saftige Gehaltserhöhung und dann geh meinetwegen so viel Bier mit deiner Ex saufen, bis du ohnmächtig wirst. Aber erst dann!«

»Zu spät. Hab den Flug schon umgebucht.«

»Du lässt den Deal sausen, um mit deiner Ex einen trinken zu gehen? Mann, Philip. Der einzige Irre in deiner Familie bist du!«

»Ich lasse den Deal nicht sausen, sondern lediglich die Vorbesprechung. Merle und ich müssen reden, nach all den Jahren, das ist mir heute klar geworden.«

»Mach, was du für richtig hältst. Aber wehe, du verkackst das Ding am Donnerstag. Ich hänge genauso mit drin. Dann ist auch meine Karriere im Arsch.«

»Keine Sorge, ich habe das im Griff. Aber, Hannes, über die Sache mit Merle kein Wort zu irgendjemand. Verstanden?«

»Kannst dich auf mich verlassen. Hast du alle Unterlagen?«

»Fast. Ich brauche noch die Ergebnisse von McKay, dann bin ich bestens präpariert.«

»Okay, sag ich ihm gleich. Und schick mir noch mal deine Flugdaten, ich hole dich vom Flughafen ab.«

»Perfekt. Alles wird gut …«, schreibe ich noch, doch mit meinem Karma ist es schlagartig vorbei, als ich auf dem Smartphone plötzlich die Nummer meines Chefs aufleuchten sehe.

»Muss Schluss machen, Chef ruft an«, tippe ich noch, klappe den Laptop-Deckel zu und wische zur Annahme des Gesprächs über das Display.

Um es kurz zu machen: Mein Boss ist völlig ausgerastet. Da half es auch nicht, dass ich meine Mutter verbal wieder auf die Intensivstation verlegte, wo sie angeblich in Agonie ihrem bitteren Ende entgegendeliriert. Paradoxerweise kam Esther genau während dieser Lügengeschichte quietschfidel in bunten Yoga-Klamotten die Treppe hinunter, riss die Haustür auf und begrüßte dort mit einem kreischenden »Juhuuuuuhhhhh« eine Horde Yoga-Jünger, die sie in unseren Garten lotste. Mein Chef hat von dem ganzen Tumult zum Glück nichts mitbekommen, denn er tobte bereits lautstark am anderen Ende der Leitung.

»Es ist mir scheißegal, ob deine Mutter tot oder lebendig ist. Fakt ist, dass du dein Versprechen gebrochen hast.« Nach weiteren Vorwürfen und Beleidigungen setzte er mir knallhart die Pistole auf die Brust. Entweder das Geschäft übermorgen werde ein Erfolg, dann würde er die ganze Sache vergessen, wenn nicht, wäre ich gefeuert und McKay stiege ins Management auf. Diese Ansage traf mich wie ein Elfmeter in die Eier. Mein Mund wurde staubtrocken, das Pochen im Kopf unerträglich. Sofort schossen mir die Schweißperlen auf die Stirn und ich wünschte mir eine »Zurück-Taste« wie im Internet, um meine unüberlegte E-Mail wieder rückgängig zu machen. Aber damit nicht genug, es folgte sogleich der zweite Peitschenhieb: Wenn übermorgen keine Unterschriften unter dem Vertrag stünden, könne auch Hannes seine Sachen packen, drohte er, denn ein solches Duo sei in der Firma nicht zu gebrauchen. Dann hörte ich nur noch ein Klick und er hatte aufgelegt.

Was für ein Drecksack! Ich streife mit den Fingern meine Wangen hinab und müsste mit aufgerissenem Mund und aufgerissenen Augen jetzt in etwa so aussehen wie das horrorgeschockte Panik-Emoticon, das an Edvard Munchs »Der Schrei« erinnert. Was bin ich nur für ein Idiot. Durch meine bescheuerte Eingebung, heute Abend unbedingt Zeit mit Merle zu verbringen, habe ich womöglich meine ganze Karriere aufs Spiel gesetzt. War all die mühevolle Arbeit der letzten Jahre umsonst? Außerdem geht es jetzt nicht nur um meinen Kopf, sondern auch um den von Hannes. Fuck!

In diesem Moment kommt Merle mit einer Yoga-Matte unterm Arm die Treppe hinuntergelaufen, springt durch den Flur und bleibt kurz in der Wohnzimmertür stehen, als sie mich zusammengesunken am Esstisch erblickt.

»Alles klar bei dir?«

»Nichts ist klar. Ich habe gerade ein dickes Ding verrissen.«

»Keine Sorge, das heilt von selbst. Lass einfach mal 'nen Urologen draufgucken und schlaf am besten die nächsten Tage in Boxershorts und auf der Seite.«

»Mir ist gerade nicht nach Witzen zumute, Merle.«

»Aber vielleicht nach Lachen? Ich habe nämlich die Lachyoga-Session in unseren Garten verlegt, um Potschinski zu ärgern. Willst du mitmachen?«

»Um aus Goethes Faust, 2. Teil, Akt 4, Szene 1, Vers 3 zu zitieren: Nein!«

»Du bist ja doch zum Scherzen aufgelegt.«

»Das täuscht. Mein Chef hat mich gerade am Telefon einen Kopf kürzer gemacht, weil ich erst übermorgen in New York zurück sein werde.«

»Hey, heißt das, du bleibst doch noch? Das ist ja schön.« Dabei strahlt sie über das ganze Gesicht.

»Ja, aber dafür bin ich arbeitslos, wenn der Kundentermin am Donnerstag kein Erfolg wird. Und Hannes, mein bester Kumpel, auch.«

»Dein Chef soll sich mal entspannen und ein paar Globuli einwerfen.«

»Wäre schön, wenn es so einfach wäre.«

»Weißt du, was gegen so eine miese Brise hilft? Lachen! Komm doch mit zum Yoga, das bringt dich auf andere Gedanken. Schlimmer als jetzt kann es nicht mehr werden.«

Das dachte ich auch, aber es kam schlimmer.

Kapitel 21

Ich stehe im Kreis mit etwa fünfzehn Yogis in bunten Bollerhosen und starre auf einen abgemagerten Glatzkopf, der sich als Athanaël Gontharion vorstellt, Hüter des Kinderlachens aus dem Gezeitenwald Agëdions. Noch Fragen?

Meine bisherige Yoga-Erfahrung beschränkt sich auf ein Intermezzo in meinem Fitnessstudio in New York. Dort habe ich mal eine Stunde besucht, weil ich die Trainerin so scharf fand. Was dann allerdings als Praxis folgte, war eher eine Mischung aus Krankengymnastik, Stretching und Bodenturnen, erschwert dadurch, dass gerade Weihnachtszeit war und aus den Boxen die schönsten Christmas-Hits von Mariah Carey tönten, offenkundig die Lieblings-CD der Trainerin. Weder die langweiligen Übungen noch die Musik waren auszuhalten und so gab ich vor, ein sehr wichtiges Telefonat führen zu müssen, huschte aus dem Raum und widmete mich wieder umgehend meinem Männertrainingsprogramm mit Stahl und Eisen. Später dann, beim Verlassen des Studios, traf ich ausgerechnet die Yoga-Lehrerin am Tresen wieder. Sie fühlte sich bemüßigt, mich zu fragen, ob ich schon mal etwas von digitalem Detox gehört hätte, denn meine Gesichtsfarbe in Kombination mit meiner offensichtlichen Smartphone-Abhängigkeit erinnere sie stark an einen Junkie. Auf den zweiten Blick sah die Trainerin dann doch gar nicht mehr so scharf aus.

Die Yoga-Stunde beginnt. Zum Start bittet uns Athanaël, in einem bestimmten Rhythmus zu klatschen, nämlich eins-zwei-eins-zwei-drei, eins-zwei-eins-zwei-drei, um so die Akupunkturpunkte in den Fingerspitzen zu aktivieren. Das ist eine leichte Übung für mich, bei der ich souverän mitmache, denn Rhythmusgefühl ist das einzige Talent, welches mir sogar schon meine Blockflöten-Lehrerin attestierte (was man von anderen musikalischen Notwendigkeiten wie Töne treffen, Melodieempfinden und Speichelflusskontrolle nicht behaupten konnte). Aber leider endet diese Komfort-Zone, als wir aufgefordert werden, zu eben jenem Klatsch-Rhythmus auch unsere Körper zu bewegen. Dazu ergänzen wir die Lachsilben Ho-Ho-Ha-Ha-Ha, die wir ganz tief aus dem Bauch herausatmen sollen. Wie das geht? Keine Ahnung. Ich fühle mich die ganze Zeit wie ein zum Lachen genötigter Weihnachtsmann, der fettbäuchig in einem amerikanischen Kaufhaus sitzt und lästigen Gören mit einem aufgesetzten Grinsen Zuckerstangen in den gierigen Schlund stopft. Nach Abschluss dieser Erwärmungsphase geht der ganze Nonsens aber erst richtig los.

Schritt eins: Wir laufen frei in unserem Garten umher und grüßen bei jeder zufälligen Begegnung den anderen, indem wir mit dem Zeigefinger die dargereichte Handinnenfläche kitzeln und anschließend gemeinsam in ein künstliches Gelächter ausbrechen. Ich bin der Einzige, der dabei konstant nicht lacht. Komischerweise machen die anderen Männer, die sich in die Gruppe verirrt haben, den ganzen Kokolores widerstandslos mit. Die sehen aber auch aus, als seien sie einfach nur dankbar, nicht wie sonst eine runtergehauen zu bekommen, wenn sie sich einer Frau nähern. Jetzt bin ich einer von ihnen. Wie tief kann man sinken?

Immer wieder beobachte ich Merle, wie sie vergnügt und fröhlich das Begrüßungsritual mit anderen Teilnehmern vollzieht und lauthals Lachsalven verschießt. Als es dazu kommt, dass Merle und ich uns begrüßen müssen, bringe ich zumindest ein festgefrorenes Lächeln auf die Lippen, während sie sich nach dem Handflächenkitzeln nach vorn beugt und vor Lachen fast umfällt.

Wie ich hinterher erfahre, ist die Theorie dieser hanebüchenen Übungen, dass es dem Körper angeblich egal sei, ob das Lachen künstlich erzeugt oder echt ist, er schüttet in beiden Fällen positive Hormone aus. Diese Behauptung ist für mich in etwa so logisch wie die These, Pizza mache zwar dick, aber wenn man zwei Stücke übereinanderlege, merke der Körper das nicht.

Es folgt Schritt zwei. Wir pflücken imaginäre, Achtung, Vokalblumen vom Rasen. Mit einem lauten Ahhh, Ohhhh, Ihhhh rupfen wir Nichts aus dem Boden, um das Nichts in die Hand des Partners zu legen, der wiederum das Nichts mit einem Ahhh, Ohhhh, Ihhhh beschnuppert. Dann ergießen wir uns wieder in einem riesengroßen Lachanfall und der gleiche Schwachsinn wird mit einem neuen Opfer durchexerziert. Athanaël muss sich definitiv zu lange die Glatze geföhnt haben, als ihm dieser Übungseinfall durchs Rückenmark geknattert ist.

Bei Schritt drei ist meine persönliche Aua-Grenze endgültig erreicht. Wir stehen im Kreis, richten allesamt den Zeigefinger auf den eigenen Brustkorb und sollen nun anfangen über uns selbst zu lachen. Auf diese Art wird unsere kindliche Verspieltheit geweckt, referiert der Yoga-Lehrer, um das befreite Kinderlachen wieder in uns zu entzünden. Noch bevor ich mir eine Strategie überlegen kann, wie ich mich unauffällig aus der Gruppe stehle, ist Esther schon die Erste, die auf sich selbst deutet und herzhaft lacht, Merle folgt und wenige Sekunden später biegt sich die ganze Mannschaft vor Lachen. Mir bleibt also nichts anderes übrig, als diese eine Übung noch mitzumachen, ehe ich mich aus diesem Wahnsinn verabschiede. Ich strecke also meinen Zeigefinger aus, zeige auf mich selbst und versuche zu lachen. Ho-Ho-Ha-Ha-Ha, Ho-Ho-Ha-Ha-Ha, wiederhole ich die Übung vom Anfang, und dann auf einmal, als hätte jemand den Motor angelassen, schnurrt wirklich ein Lachen aus mir heraus. Erst ganz vorsichtig, dann aber immer mehr, immer kräftiger, immer lauter. Ich beobachte die anderen Teilnehmer, die sich schütteln vor Lachen, ich lache auch, ich steigere mich, lache immer lauter, ich kann nicht anders, ich lache mich schlapp. Ich bin kurz davor, heftig zu hyperventilieren, aber ich brauche noch mehr, noch mehr Lachen, will nicht aufhören, muss weitermachen, immer so weiter, Lachen ist gesund, ha-ha-ha-ha-halte mit der freien Hand das Zwerchfell, se-he-he-he-he die anderen, diese blöden Bollerho-ho-ho-ho-hosen-Yo-ho-ho-ho-hogis, ich lache mihihihit, wie lachhaft ist das, aus vollem Hals lache ich über mich, aus voller Kehle, dieses Leben, mein

Leben, wie lachhaft. Ich bekomme kaum mehr Luft, so sehr lache ich, so habe ich noch nie zuvor gelacht, mein alberner Beruf, zum Ablachen, meine Kollegen, eine Lachnummer, mein Meeting übermorgen, zum Krumm- und Schieflachen, mein Chef, meine Karriere, ein Witz, meine Zukunft, ein Scherz, ich selbst bin einfach nur zum … zum … zum Heulen.

Mein Atmen stockt, plötzliche Schubumkehr, aus Norden wird Süden, aus vorwärts wird rückwärts, mir schießen mit einem Mal Tränen in die Augen, aber nicht vor Freude, sondern aus Traurigkeit. In meiner Schaltzentrale wird der Hebel umgelegt, aus Lachen wird Weinen, aus Heulen ein Heulkrampf. Mein Kopf dreht durch. In meinem Hirn ist Ausverkauf. Der helle Wahnsinn. Wie beim Lachen, so beim Weinen, alles von vorn, alles muss raus, Emotionenschlussverkauf, heute gibt's Prozente, wer will noch mal, wer hat noch nicht, eine Portion Enttäuschung, sehr gerne, wir packen auch noch eine sträflich vernachlässigte Familie mit drauf, immer raus damit, wir hätten auch sonst noch Verzweiflung im Angebot, nicht in Scheiben, sondern am Stück, aber zum schmalen Taler, gleich ein Kilo, na klar, was weg ist, ist weg, Versagensängste, ja, auch die haben wir heute auf dem Grabbeltisch der Gefühle. Selbstverachtung wünscht der Herr? Sie sind ein Glückspilz, da gibt's heute Prozente, alles billig, ja auch Selbsthass, gleicher Preis, gleicher Scheiß, halbes Pfund Wut, nur heute billig wie nie, Verlustängste und eine Schippe Schiss, na klar, sollen wir es einpacken oder wollen Sie es gleich wegwerfen, Emotionen total pur, Gänsehautentzündung, bis der Arzt kommt, wir kloppen den Frust raus, einfach so, schieben den Ärger auf die Ramschrampe, keine Stempelkarte dabei, wurschtegal, aufs Leben gibt's auch keinen Rabatt.

Je mehr ich weine, desto lauter lachen die anderen, sie kreischen, krümmen und kringeln sich vor Lachen, sie sehen, wie ich mit Sturzbachtränen auf den Rasen falle, auf die Seite kippe und weiterweine. Sie lachen, bohrendes Gelächter, frenetisches Gelächter, sie zeigen auf mich, mit ihren hässlichen Zeigefingern, sie grölen, halten sich die Bäuche, schreien. So muss es sich anfühlen, wenn man dem Wahnsinn verfällt. Ein unendlicher Albtraum. Wann kommt endlich jemand, der mich aufweckt?

Ich habe keine Ahnung, wie lange ich hier schon im Gras liege, aber das zermürbende Lachen um mich herum ist verstummt, die Yoga-Jünger sind verschwunden und Merle ist da. Ein Trost. Ein Schneewittchen-Moment.

»Geht's wieder?«, fragt sie, als ich langsam zu mir komme.

Ich kann nichts leugnen, schönreden oder abstreiten. Mein Weinkrampf steht mir immer noch ins Gesicht geschrieben. Vielleicht hilft Humor.

»Wir müssen Simon fragen, ob er hier irgendwo Zwiebeln gepflanzt hat«, antworte ich aus einem völlig verheulten Gesicht.

Merle lächelt. Meine Souveränität kommt langsam wieder aus ihrem Versteck gekrochen und ich gewinne die Kontrolle über mich zurück.

»Sorry, Philip, wenn ich das gewusst hätte … solche Reaktionen auf die Übungen hatten wir wirklich noch nie.«

»War das ein Kompliment?«

»Deine Reaktion ist die Champions League im Yoga. Wirklich! Alles loszulassen, alle Schleusen zu öffnen, den ganzen Ballast von sich zu werfen. Ich bin fast ein bisschen neidisch.«

»So geil war es nicht, das kannst du mir glauben.«

»Geht's dir denn jetzt besser?«

Ich nicke. »Keine Ahnung, wann ich das letzte Mal so geheult habe. Vermutlich bei meiner Geburt.«

Merle lacht laut auf, ich zucke verschreckt zusammen und sie legt sich mit einem entschuldigenden Blick beide Hände auf den Mund.

»Lachverbot für die nächsten Stunden«, sage ich streng. »Auf den Schock muss ich jetzt erst mal was trinken …«

»Bierchen?«

»Bierchen! Was gestern ging, geht jetzt erst recht.«

Kapitel 22

Wie gut, dass es vorn an der S-Bahn-Station immer noch die gute alte »Notfallapotheke« gibt, ein Kiosk, der diesen Namen völlig zu Recht trägt. Er führt alles, was fett, alt und krank macht, wie zum Beispiel Chips und Alkohol. Aber es gibt nun mal Momente im Leben, in denen solche Präparate einfach die beste Medizin sind. Stolz stelle ich meine Beute auf der Terrasse vor Merles Füßen ab, zwei Sechserträger Bier, eine Jumbo-Tonne Chips und M&Ms in einer XXL-Packung.

»Wow! Ist das dein erster Tag im Westen?«, fragt sie scherzhaft und beäugt meine Einkäufe. »Wer soll denn das alles essen?«

»Wir! Der Abend ist noch jung.« Komischerweise sprühe ich vor Energie, trotz der versoffenen Nacht gestern. Vielleicht hat das Yoga bei mir wie ein Aufputschmittel gewirkt.

»Mich kannst du morgen jedenfalls bei den Walrössern im Zoo aussetzen, wenn wir das ganze Zeug da vertilgen«, sagt Merle, nimmt ihre Sonnenbrille von der Nase und hievt sich aus dem Liegestuhl.

»Bleib sitzen. Ich mache das schon. Brauchst du noch was?«

»Bitte guck mal im Kühlschrank, ob es da noch etwas gibt, was nicht dick macht.«

»Ich könnte dir ein paar Eiswürfel auftauen.«

»Sehr witzig. Gut, dann werde ich eben etwas für meine Form tun: Rund!«

Wir rücken unsere Liegestühle unter den Haselnussbaum, reißen die Chips-Tonne auf und lassen die Kronkorken zischen.

»Sag mal, was macht dich im Leben eigentlich wirklich glücklich?«, startet Merle das Gespräch, während sie versucht die M&M-Packung an der perforierten Lasche zu öffnen.

Ich habe keine spontane Antwort und überlege. »Vielleicht Anerkennung? Oder irgendeine Art der Wertschätzung für das, was ich tue.«

»Ist das auch der Grund, weshalb du so viel arbeitest?«

»Ja, vielleicht. Der Job macht mich glücklich, meistens jedenfalls.«

»Und welche Art Anerkennung bekommst du dafür? Geld!« Merle versucht in einem neuen Anlauf das M&M-Biest mit den Zähnen einzureißen.

»Geld ist für mich eine Form der Anerkennung, ja. Aber auch Verantwortung, für das aktuelle Projekt zum Beispiel.«

»Aber ich verstehe nicht, warum du dich für Geld kaputtmachst, wenn du davon doch sowieso schon viel zu viel hast.« Sie fischt einen Plastikzipfel aus dem Mund, die Packung bleibt trotzdem verschlossen wie ein Keuschheitsgürtel.

»Geld kann man doch nie genug haben.«

»Ich glaube eher, Philip, dass du da irgendwas aus deiner Kindheit kompensierst.«

»Ich kompensiere nichts aus meiner Kindheit, ich kompostiere sie vielleicht ...«

»Sag mal ehrlich, klemmt da noch was?«

»Woher soll ich das wissen? Frag Freud!«

»Meine Vermutung ist ja, dass du haufenweise Kohle scheffelst, weil ihr früher nicht so viel hattet. Dass du unbewusst versuchst einen Mangel aus deiner Kindheit wieder wettzumachen.«

»Boah, Merle. Kannst du bitte mit diesem Psycho-Kram aufhören? So was Ähnliches hat Simon nämlich auch schon abgesondert ...«

»Ist ja schon gut. Sorry.«

»Was soll denn mein Mangel gewesen sein? Dass es bei uns keine Urlaube in ferne Länder gab, sondern immer nur Zelten auf dem Campingplatz? Oder dass ich keine coolen Pullis mit Superhelden im Schrank hatte, sondern Second-Hand-Klamotten von Flohmärkten?«

»Ja, zum Beispiel. Oder keine modernen Sneakers, sondern Latschen, die unter Jugendsandalismus fallen.«

Jetzt muss ich grinsen. »Solche Dinger hatte ich tatsächlich.«

»Ich auch! Wir sahen doch früher alle so aus.«

Noch immer ist Merle mit dem Öffnen der Schokolinsenpackung beschäftigt, allerdings hat sie mittlerweile die Taktik gewechselt und bohrt nun ihren Fingernagel in das widerspenstige Plastik.

»Aber zum Glück war das alles ja nur materieller Quatsch«, fährt sie fort. »Liebe, Geborgenheit und ein tolles Zuhause sind ja viel wichtiger.«

»Ich gegen zwei Frauen, die immer einer Meinung waren und sich bis zum Menstruationszyklus angepasst haben, das war alles andere als Liebe und Geborgenheit. Ich kann dir gar nicht sagen, wie oft ich meinen Vater vermisst habe.«

»Achim?«

Ich nicke.

»Hat der sich eigentlich mal wieder bei dir gemeldet?«

»Nein, kein einziges Mal.«

Merle kennt die Geschichte noch von damals. Als Kind, Teenager und später auch als junger Erwachsener habe ich nichts unversucht gelassen, um meinen Vater zu finden. Nur durch einen dummen Zufall konnte ich zu Studienzeiten über das Netzwerk meiner Universität eine Adresse in Südafrika ausfindig machen, bei der er offiziell gemeldet war. Elektrisiert buchte ich ein Ticket, flog voller Vorfreude nach Johannesburg, und als ich dann mit meinem Rucksack vor dem hohen Zaun seines Anwesens stand, ließ er sich von seinen Angestellten mit einer Ausrede verleugnen. Ich campierte eine Nacht vor dem Haus, was angesichts der Kriminalität im Viertel absolutes Harakiri war, und als ich am nächsten Morgen erneut klingelte, sah ich meinen Vater kurz an der Haustür. Trotz Bitten und Rufen ließ er mich nicht hinein, stattdessen rief er die Polizei, die mich wenig später mit auf die Wache nahm. Esther meinte nach meiner Rückkehr, es sei überhaupt ein Wunder, dass ich im Gegensatz zu etlichen Steuerfahndern den Aufenthaltsort meines Vaters herausfinden konnte. Die Adresse gab sie übrigens direkt an die internationalen Steuerbehörden weiter, die noch etliche Rechnungen mit ihm offen hatten. »Die sollen ihn ausnehmen wie eine Weihnachtsgans«, sagte sie damals. Mir war das alles egal. Ich verbrannte alle Fotos von ihm, warf Erinnerungsstücke weg und so verschwand mein Vater langsam aus meinem Kopf ... und aus meinem Leben.

Merle hat ein Gesicht wie ein Gewichtheber. Sie zerrt an den Schweißnähten der Packung und es dürfte nicht mehr lange dauern, bis die Hülle komplett explodiert und bunte M&Ms über unsere Terrasse springen. Ich kann mir das nicht länger ansehen.

»Merle, gib das Ding mal her.«

Anstandslos übergibt sie mir das Päckchen, ich öffne es in Millisekunden an einer Ecke, schaue sie an und wir beide müssen lachen.

»Man nennt mich auch MacGyver«, sage ich, woraufhin sie die Hand aufhält, ich ihre Innenfläche lachyogagemäß kitzele und eine Handvoll Schokolinsen hineinlege.

Zufrieden kauend nimmt Merle den Gesprächsfaden wieder auf. »Und was sind so deine Ziele?«

»Was meinst du für Ziele?«

»Na ja, Lebensziele.«

»Also erst mal muss ich den Deal übermorgen eintüten, damit ich meinen Job behalte, hoffentlich befördert werde und auch Hannes nicht auf der Straße sitzt.«

»Und dann? Noch mehr Arbeit? Weiber? Sex?«

»Also eins kannst du mir glauben, um Sex geht es mir nicht oder sagen wir: nicht mehr.« Irgendwie klingt das verdammt nach Lüge, was Merle wohl auch bemerkt, denn sie zieht ungläubig die rechte Augenbraue nach oben. »Okay, Sex ist immer noch wichtig, aber trotzdem habe ich das Gefühl, dass die fünf Jahre One-Night-Stands so langsam Macken auf meiner Seele hinterlassen.«

»Armes Bänkerchen«, sagt sie ironisch, bevor sie sich an der Chips-Tonne zu schaffen macht.

»Und ob du es glaubst oder nicht, neuerdings kann ich mir sogar vorstellen, ein Bobbycar aus der Garage zu holen, im Garten ein Trampolin aufzubauen und Federball mit meinen Kindern zu spielen.«

»Tuntentennis?«

»Genau«, lache ich. »Dann ist Sonntag, die Sonne scheint, es riecht irgendwo nach Bratkartoffeln und vollgeschissenen Windeln und ich spiele mit meinen Kindern stundenlang Tuntentennis im Garten, ist doch herrlich.«

»Du willst wirklich das komplette CSU-Programm mit Haus und Kindern? Wie willst du das denn machen in deiner neuen Chefposition?«

»Also, ich habe mir einen kleinen Lebensplan zurechtgelegt …«

»… ein Plan, war ja klar …«

»… und dieser Plan sieht vor, dass ich bis zum 35. Geburtstag genug Kohle besitze, um für einige Zeit ausgesorgt zu haben.«

Merle bringt ein mokiertes Lachen hervor. »Philip, deine Pläne will ich haben.«

»Mit 35, also in zwei Jahren, wäre das perfekte Alter, um beruflich kürzerzutreten und mich in aller Ruhe um die Familienplanung zu kümmern.«

»Und warum willst du damit bis 35 warten? Fang doch jetzt schon an.«

»Ich bin ja schon dabei, aber die Traumfrau zu finden ist nun mal kein Picknick.«

»Den Traummann übrigens auch nicht …«

»Genau, kommen wir mal zu dir. Was sind denn deine Lebensziele?«

»Das ganze Männerthema habe ich vorerst auf Eis gelegt. Ich kümmere mich erst mal nur um Till und mich. Und irgendwann später, wenn Till größer ist, will ich meinen Traum wahr machen und es mit einem eigenen vegetarischen Bistro versuchen.«

»Hey! Das klingt super. Dann kannst du ja auch das ganze Zeug aus deinem Studium endlich mal gebrauchen.«

»Jeps, das ist der Plan. Konzeptentwicklung, Businesspläne,

Standortanalysen, Steuern, Marketing… da bin ich voll in meinem Element. Und Praxiserfahrung habe ich aus dem Gemein & Gefährlich genug.«

»Oder du steigst bei deinem Chef ein und übernimmst den Laden.«

»Nee, bist du irre? Bloß kein Sterne-Restaurant, das ist viel zu stressig. Ich will mein eigenes Ding machen und gucken, ob es funktioniert.«

Das ist typisch Merle. Während ich immer versuche, alle Risiken gering zu halten, macht sie direkt eine Arschbombe ins Leben.

»Und Männergeschichten hast du jetzt komplett abgeschrieben? Keine heißen Nächte mehr mit wilden Dates?«

»Wenn du jetzt über mein Sexleben reden willst, müsstest du statt Chips eher Trockenpflaumen reichen.«

Ich pruste laut los und wir stoßen die Bierflaschen aneinander.

»Die einzige Frau, die in diesem Haus noch Sex hat, ist deine Mutter. Ich hingegen kriege schon feuchte Träume, wenn ich an Dieter Bohlen denke.«

»So schlimm?«

»Ach, ich bin ja selbst schuld, denn auf diesen ganzen Dating-Schwachsinn habe ich einfach keinen Bock mehr. Die Männer, die ich interessant finde, nehmen sofort Reißaus, wenn sie mitkriegen, dass sie sich auf eine Mutter mit Kind eingelassen haben. Und die Typen, die wiederum auf mich stehen, sind so außerirdisch, dass ich auch gleich mit E.T. ins Bett gehen könnte.«

Ich gebe einen Quietschlaut von mir. »Pfui, E.T. Vor dem hatte ich früher mehr Angst als vor den bösen Regierungsbeamten, die ihn einfangen wollten.«

»Echt? E.T. ging bei mir noch, aber Alf fand ich immer ganz gruselig.«

»Wie dem auch sei, du solltest die Männer, für die du dich interessierst, vielleicht nicht gleich mit der Nachricht schocken, dass du einen Sohn hast. Überzeug sie doch erst mal mit deiner Persönlichkeit. Wenn die dich dann toll finden und du sie am Haken hast, kannst du immer noch die Katze aus dem Sacken lassen.«

»Till ist doch keine Katze im Sack!«, empört sich Merle. »Er ist das Beste, was mir in meinem Leben passiert ist. Uns gibt's nur im Doppelpack, und zwar von Anfang an.«

Natürlich ist das die Top-Antwort einer Top-Mutter, wofür sie eine Eins mit Sternchen verdient hätte. Trotzdem kann ich Männer verstehen, die keine Lust auf so eine Patchwork-Kiste haben. Wie sagte Hannes doch einmal so schön: Kinder sind wie Fürze, nur die eigenen sind halbwegs zu ertragen.

»Und sag mal, Till allein großzuziehen, war schon stressig, oder?«

»Stressig? Es war die Hölle! Angefangen bei der Geburt. Aber wir Mädels ertragen so etwas klaglos. Ich wette, wenn Männer Kinder bekämen, würdet ihr beim nächsten Vatertag die Länge eurer Dammschnitte vergleichen.«

Ich muss lachen, habe aber leider noch Bier im Mund und kann nicht schlucken. Dadurch gerate ich ins Husten, mein ganzes Gesicht verzieht sich, ich muss noch mehr lachen, mehr husten, und dann kann ich es nicht mehr halten und pruste die ganze Ladung mit einer Fontäne seitlich auf den Rasen.

Bier auf dem Hemd, blöd. Bier im Gesicht, blöder. Bier in der Nase, am blödesten! Noch dazu bekomme ich infolge meiner falschen Atmung einen Schluckauf, der sich anhört, als würde jemand permanent auf ein Meerschweinchen treten.

»Ist doch so!«, sagt Merle grinsend und reicht mir eine Packung Taschentücher. »Aber ich habe trotzdem keine Sekunde bereut. Lieber keinen Vater und alleinerziehend als einen karrieregeilen Spießer ohne Vorbildfunktion für meinen Sohn.«

»Da bist du aber, higgs, schon knallhart«, sage ich und wische mir Bierspritzer vom Kinn.

»Nö, wieso? Ich will, dass mein Sohn ein Mensch wird und keine Ego-Maschine. Wenn ein Mann sich wie ein Brummkreisel nur um sich selbst dreht und ihm die Familie schnurzegal ist, dann brauche ich ihn nicht in meiner Nähe und schon gar nicht als Vater für Till.«

Wir greifen synchron in die Frusttonne und stopfen uns eine Handvoll Kartoffelchips in den Mund.

»Der Erzeuger muss ein Riesenvollidiot sein«, sage ich schmatzend, »eine so tolle Frau, higgs, mit einem so süßen Sohn einfach sitzen zu lassen.«

Merle zuckt mit den Schultern. Anscheinend war mein Kompliment genauso kreativ wie ein Kinogutschein zum Geburtstag.

»Higgs, auch wenn du das anders siehst, ich finde trotzdem, dass der Typ eine Chance auf seinen Sohn verdient hat, ganz egal, wie schwierig er ist. Selbst wenn du ihn nicht magst, higgs, vielleicht mag Till ihn ja und verdammt noch mal, er ist sein Vater. Und hast du ein Recht, deinem Kind seinen Vater vorzuenthalten?«

Merle presst ihre Lippen zusammen, dann schüttelt sie den Kopf und atmet tief durch. »Das Recht habe ich natürlich nicht. Du kannst dir nicht vorstellen, wie sehr mich diese Frage quält. Aber momentan geht es nicht anders. Und solange Till nicht nach seinem Vater fragt, werde ich mich hüten, ihm die ganze Geschichte zu erzählen. Das wird noch früh genug kommen …«

Ich nicke. »Das wird kommen, ganz bestimmt. Das weiß ich aus Erfahrung.«

»Ich bin ganz schön egoistisch, was?«

»Ach«, sage ich. »Ab und zu muss man eben egoistisch sein. Das weiß ich …«

»… aus Erfahrung«, vollendet Merle meinen Satz.

Wir leeren unsere Bierflaschen, ich angele sogleich zwei neue aus dem Träger und biete Merle eine weitere Pulle an. Sie lehnt jedoch ab und möchte vorerst auf Mineralwasser umsteigen, bevor sie bei den Außentemperaturen so schnell betrunken wird wie ich gestern in Ritas Kneipe.

»Ach, und wenn wir jetzt schon über Erfahrungen plaudern, dann behaupte ich eines: Kein Bürojob dieser Welt ist anstrengender als das Leben einer berufstätigen, alleinerziehenden Mutter, da kannst du mir erzählen, was du willst. Alleinerziehende haben immer 16-Stunden-Tage, niemals Wochenende, nie Feierabend, sind immer auf Abruf. Sie sind Chauffeure, Organisationstalente, Seelsorger und bekommen für ihren Job keinen müden Cent.«

Eigentlich könnte ich Merle jetzt genauso den Spiegel vorhalten und sie mit ihren selbst erwählten Problemen konfrontieren. Aber ich tue es nicht. Es geht nicht. Wie sie da sitzt und von ihrem Alltag erzählt, dass das Geld immer knapp ist, sie ständig müde, abgearbeitet und erschöpft ist, sie niemals Schwäche zeigen will, weil sie möchte, dass es Till gut geht, dass er ein schönes Zuhause hat, eine sichere Zukunft … da plötzlich passiert es in mir. Ich höre Merle gar nicht mehr zu, sondern beobachte sie nur noch beim Reden, wie elegant sie gestikuliert, wie beiläufig sie sich über die Wange streicht, wie vertraut sie am Bieretikett knibbelt.

Aber nein! Hallo! Aufwachen! Ich will das nicht. Ein Gefühl, als hätte ich Raupen gefrühstückt und nun Schmetterlinge im Bauch. Geh weg, du Gefühl, geh wieder in deine Hirnanhangsdrüse oder wo auch immer du herkommst, nur geh!

»Philip!? Hörst du mir überhaupt zu?«

Die weichgespülten Kuschelrockgeigen verschwinden, die Herz-Seifenblasen zerplatzen, meine Netzhaut lässt neben rosarot auch wieder andere Farben zu.

»Ja, klar höre ich dir zu. Echt hart so als Mutter.«

Merles Gesicht entgleist. »Ähm, darum ging es gerade überhaupt nicht. Ich habe gesagt, dass ich das alles liebend gerne für Till mache. Und dann habe ich dich gefragt, wann du das letzte Mal etwas für andere Menschen getan hast.«

Ertappt. Ich hüstele kurz, um meine Verlegenheit zu überspielen.

»Puh, na ja, ich habe … also das letzte Mal … das ist gar nicht so lange her … das war … komm, sag schon …« Ich fahre mir nervös durch das Haar.

»Soll ich meine Frage noch mal wiederholen?«

»Nee, du … sorry, ich kann gerade nicht nachdenken, denn ich muss total dringend … aufs Klo. Ja, genau, ich muss aufs Klo … ich gehe dann mal kurz und bin gleich wieder da …«

In der Gäste-Toilette lasse ich das Waschbecken mit kaltem Wasser volllaufen, halte die Luft an und tauche mein Gesicht hinein. Was war das denn gerade?, frage ich mich unter Wasser.

Irgendetwas ist soeben ins Rutschen geraten, wie eine Lawine, die ohne Warnung abgeht, ohne Auslöser, ohne Alarm, ich mittendrin. Gibt es so was wie schockverliebt? Ich glaube, genau das ist mir gerade widerfahren.

Schockverliebt? So ein Quatsch! Ich tauche ruckartig wieder auf. »Das ist deine Ex, Blödmann!«, sage ich zu mir selbst und begutachte mein triefend nasses Gesicht im Spiegel. Für diesen Ausrutscher gibt es viele plausible Erklärungen: zu viel Alkohol, lange keinen Sex mehr gehabt, Stress, emotionaler Schwächeanfall, Gefühlsduseligkeit, Nachwirkung vom Jetlag, ach, ich könnte tausend Sachen aufzählen, aber eines ist es ganz sicher nicht: irgendwas mit Liebe.

Ich nehme mir ein frisches Handtuch, trockne Gesicht und Haare, richte meine Frisur und erkläre dieses Thema für beendet.

»Bääm! Ich hab's!«, rufe ich und werfe mich in den Liegestuhl neben Merle.

»Wie siehst du denn aus? Bist du ins Klo gefallen?«

»Unsinn, ich musste mich nur kurz frisch machen, habe aber über deine Frage nachgedacht. Meine letzte gute Tat war, tatarata, eure Stromrechnung zu bezahlen.«

Merle nickt. »Du hast absolut recht, das war großartig von dir. Dafür haben wir uns noch gar nicht richtig bedankt.«

»Kein Ding. Gern geschehen.«

»Gibt es auch Probleme, die du nicht mit Geld gelöst hast?«

»Ihr habt zum Beispiel wieder frische Wäsche im Schrank.«

»Okay, stimmt, ich halte besser meine Klappe.«

»Außerdem habe ich heute meinen Flug für dich umgebucht.«

»Ja-ha, du hast gewonnen!«

»Und letzte Woche, beim Mittagessen in der Kantine, da habe ich meinen Nachtisch einer Kollegin gegeben, die kein Dessert mehr abbekommen hat. Die hat sich richtig gefreut.«

»Hä? Aber das ist doch keine gute Tat, sondern eine Selbstverständlichkeit.«

»Wieso? Das war Joghurt mit Rhabarberstückchen.«

»Okay, ich sehe ein, du bist doch kein so großes Arschloch, wie ich dachte«, lacht sie.

Ich krame in meinem Gedächtnis nach weiteren Situationen, allerdings wird das Nachdenken durch die Tatsache erschwert, dass Bella oben wieder mit ihrem Memory-Gesang loslegt, leider in der herkömmlichen, unschönen Variante.

»Ob man diesen Sound jemals wieder aus ihr herausbekommt?«, frage ich Merle.

»Ich glaube, das ist hoffnungslos!«

Ich nehme noch ein paar Schlucke Bier und plötzlich kommt mir eine Idee.

»Ich hab's! Eine weitere gute Tat!«, rufe ich und hole mein Handy aus der Hosentasche, entsperre das Display und durchsuche meine Kontakte. »Hat Bella ein Telefon in ihrem Zimmer?«

»Klar. Aber da ruft nie jemand an.«

»Okay, dann ändern wir das mal. Hast du ihre Nummer?«

»Die ganz normale, wie unsere, nur hinten eine 8. Was hast du vor?«

»Wart's ab«, sage ich vergnügt, setze mich aufrecht und tippe die Nummer ins Smartphone.

Es tutet am anderen Ende der Leitung, oben klingelt das Telefon.

»Jahaaa, ich komme ...«, hören wir Bellas Singsang bis hinunter in den Garten. Ich drücke die »Laut«-Taste, damit Merle mithören kann.

»Isabella Forsythia Donna Famosa Grandessa de la Ferrero à la Conzales am Apparat«, Merle und ich gucken uns an wie zwei Kinder beim Klingelstreich und halten uns beide die Hände vor den Mund, um nicht laut loszulachen.

Ich räuspere mich. »Ähm, yes, hi! Bella is it you?«, sage ich mit tiefer verstellter Stimme.

Kurzes Rascheln, Nuscheln, Knistern. Dann Bella:

»Ja, natürlich bin ich es. Wer spricht da?«

»This is Andrew speaking. Andrew Lloyd Webber.«

Ohne große Überraschung zu zeigen, plaudert Bella drauflos:

»Ach, Andrew. Endlich meldest du dich. Hast dich ganz schön rargemacht in letzter Zeit, du kleiner Schlawiner, du.«

»I am so sorry, sweetheart. But Bella, please, may I ask you a favor?« Kurz habe ich meine Zweifel, ob Bellas Englischkenntnisse überhaupt ausreichen, um meine Sätze zu verstehen. Aber die Befürchtungen lösen sich sofort in Luft auf.

»War ja klar, dass du dich nur bei mir meldest, wenn du was willst. Spuck's aus, Darling. Was kann ich für dich tun?«

»Bella, we need you at the CATS Broadway Show. All other cats ...«, jetzt komme ich kurz ins Straucheln, weil ich mich nicht mehr im Geringsten an die Namen irgendwelcher Katzenfiguren, geschweige denn an den Inhalt des Musicals erinnere, obwohl wir es mal vor etlichen Jahren mit der Schulklasse besucht haben, »all other cats suck, so please, could you come over and play the Grizabella for us. We need you, Bella.«

Dann ist es für eine kurze Weile still am anderen Ende der Leitung. Ich schaue zu Merle, wir zucken beide mit den Schultern, weil keiner von uns eine Ahnung hat, warum Bella nicht mehr antwortet. Wir hören ein Geräusch, als ob sie sich in einen Sessel plumpsen lässt. Schließlich sagt sie mit ruhiger, hellwacher Stimme:

»Andrew, das ist wirklich ganz lieb von dir, dass du anrufst. Aber ich kann das jetzt nicht mehr mit der Grizabella. Ich bin dafür zu alt. Ich vergesse die Texte, ich kann mir nichts mehr merken. Nur dein Memory, das kann ich noch, das vergesse ich nie, nie in meinem Leben ...«

Merle streicht sich über den Arm, auf dem sich eine Gänsehaut abzeichnet.

»Bella. This is okay. I just wanted to say, that we will never forget you«, bringe ich mit belegter Stimme hervor.

»Du bist ein guter Junge, Andrew. Danke. Und schön, dass du dich gemeldet hast. Mach's gut.«

»Take care, Bella. I will always keep you in my ... memory.«

Doch gerade als ich die Taste zum Auflegen drücken will, bölkt Bella noch mal ins Telefon:

»Ach, Andrew, wenn ich dich schon mal dran hab: Für die Grizabella bin ich zu alt, aber wie sieht es denn mit der Hauptrolle bei Starlight Express aus? Ruf mich in einer Woche noch mal an, bis dahin kann ich das auch mit den Rollschuhen. Schüüüüüssi.«

Kapitel 23

Mit amtlicher Biermigräne steige ich am nächsten Morgen aus dem Bett und nehme mir unwiderruflich vor, ab heute meinen Alkoholkonsum wieder auf unbedenkliche Mengen und Maße zu reduzieren. Erst eine kalte Dusche und fünfminütiges Zähneputzen sorgen schließlich dafür, dass das Ziehen im Hinterkopf nachlässt und der Pilsdunst allmählich verblasst.

Merle und ich haben uns gestern noch lange unterhalten. Zum Glück ist mir im Verlauf des Abends das Herz kein zweites Mal in die Hose gerutscht. Solcherlei spontane Gefühlsregung kenne ich auch gar nicht von mir, sondern allenfalls aus romantischen Komödien, die ich zuweilen im Flieger anschaue. Irgendwann später kam dann auch Esther hinzu, baute einen Grill vor uns auf und fing an, Tofu-Würstchen, Maiskolben und Grillkartoffeln darauf zuzubereiten. Warum sich Vegetarier allerdings Würstchen nachbauen, ist mir in diesem Zusammenhang ein Rätsel. Ich bastele mir ja auch kein Salatblatt aus Hack. Simon tischte noch frische Sommerrollen und einige Salate auf, wir nahmen alle auf der Terrasse Platz und aßen schließlich gemeinsam zu Abend. Bis auf Bella. Ihr war der Anruf von Andrew Lloyd Webber derart zu Kopf gestiegen, dass sie dem Essen fernbleiben wollte, um sich auf ihre Rolle als Pearl, dem Erste-Klasse-Waggon bei Starlight Express, vorzubereiten. Gerade noch rechtzeitig konnte Esther sie davon abhalten, auf Tills Kinder-Rollschuhen im Flur erste Fahrversuche zu unternehmen.

Als ich nun frisch geduscht und rasiert die Treppe hinuntergehe, herrscht im Erdgeschoss bereits rege Betriebsamkeit. Alle Mitbewohner wuseln umher, es rumpelt im Keller, es klappert in der Küche, Kindermusik dudelt aus dem Wohnzimmer.

»Was ist denn hier los?«, frage ich Esther, die mit einem Staubwedel in der Hand vorbeiläuft und mir einen schnellen Kuss zuwirft.

»Guten Morgen, Langschläfer. Wir arbeiten deine Liste ab. Schon vergessen?«

»Mama, du sollst dich doch schonen!«

»Ach, papperlapapp, ich bin fast wieder die Alte, es wird mit jedem Tag besser.«

Ich schaue mich um und bin erstaunt. Die Küche blitzt, als wäre Meister Proper höchstpersönlich vorbeigekommen, die Spüle ist poliert, Schränke und Regale ausgewischt. Auf dem Weg ins Wohnzimmer stehen zwei Mülltüten, vollgestopft mit Staubfängern, unmodischen Tischdecken und altem Geschirr. Aussortierte Noten und Berge von Büchern stapeln sich im Altpapier. Auf dem Weg zurück in den Flur kommt mir Merle aus dem Keller entgegen. Ein freundlicher Begrüßungsblick, aber mein Herz bleibt stabil. Kein Flimmern. Kein Hüpfen. Alles normal. Ich begutachte ihr Outfit, mit dem sie folgendes Statement abgibt: Hallo, ich bin eine geborene Heimwerker-Queen, mit farbbekleckster Latzhose, altem Hemd und ohne jedes Pflegeprodukt im Gesicht. Bemerkenswert, dass Merle dabei trotzdem wie das blühende Leben aussieht und man ihr das Gelage von gestern weit weniger ansieht als mir.

»Auch schon wach?«, lächelt sie und drückt mir zur Begrüßung eine Kiste mit allerlei Akten in die Hand. »Bitte mal durchgucken. Hier ist dein alter Uni-Kram drin und irgendwelche Liebesbriefe. Keine Sorge, ich habe sie nicht gelesen … Aber was Birte dir damals geschrieben hat, meine Güte, das ist ja schlimmer als die Liebesgedichte in der BRAVO.«

Damit übergibt sie mir die Unterlagen, läuft in die Küche, holt sich einen Apfel und rauscht wieder in den Keller mit den Worten: »Jetzt knöpfe ich mir mal diese ganzen CDs und Videokassetten vor.«

Irgendwie habe ich das Gefühl, dass Merle gerade ein Stück meiner Vergangenheit aussortiert und ich weiß noch nicht, ob ich das eher gut oder schlecht finden soll.

»Genau, Merle!«, brüllt Esther von oben. »Dieses Haus ist kein Museum. Schmeiß den ganzen Plunder weg.« Am liebsten möchte ich noch einwenden, dass ich alle Dinge, die für den Müll vorgesehen sind, gerne vorher noch mal auf Tauglichkeit und persönliche Relevanz prüfen will, aber mir verschlägt es schier die Sprache, als plötzlich ein fremder Mann aus Esthers Zimmer schreitet. Balkan-Smoking aus vermutlich 100 % Polyester, das Haar nach hinten gegelt, exakt rasierter Dreitagebart. Erst als der Typ näher kommt und in unsicherem Schritt die Treppenstufen zu mir nach unten nimmt, erkenne ich ihn: Simon. Mit Klamotten. Im Anzug. Es geschehen wirklich noch Zeichen und Wunder.

»Mein lieber Scholli, ich habe dich überhaupt nicht erkannt«, sage ich erstaunt.

»Ich hoffe, das ist ein Kompliment, denn ich fühle mich ausgesprochen unwohl in diesem Plastikzeugs.«

»Das ist gutes Recycling-Polyester …«, betont Esther und kommt nun ebenfalls die Treppe heruntergelaufen. »Philip, was sagst du denn dazu?«

Der Anzug sieht zwar etwas billig aus, aber Simon macht eine ausgesprochen gute Figur darin. In meiner Erinnerung roch Polyester immer unangenehm nach Zeltlager, Küchenschwamm und Sportumkleide. Textiltechnisch hat sich im Polyestergewerbe wohl einiges getan, denn das Ding von Simon ist glücklicherweise geruchsneutral.

»Steht dir, Simon. Wirklich. Das Material ist etwas, sagen wir mal, gewöhnungsbedürftig, aber ansonsten siehst du echt gut in dem Anzug aus. Wie kam es zu diesem Sinneswandel?«

»Er geht heute zum Arbeitsamt. Noch mal vorsprechen«, kommt ihm Esther zuvor. Sie streicht ihm einige Male über den Rücken und ich stelle belustigt fest, dass ihr durch die elektrostatische Aufladung einzelne Haare zu Berge stehen.

»Vielleicht hat meine Kundenbetreuerin Jobangebote für mich, wenn ich ihr diesmal statt in knapper Hose und Netz-Shirt im Anzug gegenübersitze«, erklärt Simon. Sie habe wohl bei seinem ersten Auftritt derart verstört reagiert, dass sie ihn des Zimmers verwies und androhte, ihn wegen Provokation und sexueller Belästigung anzuzeigen. Dabei war sich Simon für keinen Job zu schade, allerdings nur unter der Prämisse, seine Arbeitskraft möglichst knapp bekleidet zur Verfügung zu stellen. Er solle wiederkommen, wenn er sich den gesellschaftlichen Gepflogenheiten angepasst habe, sagte seine Betreuerin damals und kürzte ihm wegen Verstoß gegen die Mitwirkungspflicht sein Hartz IV.

»Einen Besuch beim Arbeitsamt habe ich doch gar nicht auf die To-do-Liste geschrieben.«

»Nein, aber wir sammeln Fleißpunkte …«, grinst Esther mit der maximal elektrifizierten Frisur eines Zaubertrolls.

»Du hattest recht«, sagt Simon. »Ich kann hier nicht dauerhaft zu Hause rumhängen, kein Geld verdienen, während unsere Haushaltskasse leer gefegt ist. Ich muss raus aus meiner Komfortzone …«

»… und rein in diesen sexy Anzug. Damit gefällst du mir fast noch besser, Liebling«, raunt Esther und verpasst Simon mit einer kurzen Berührung an der Wange einen veritablen Stromschlag. Beide brechen in ein Gelächter aus, das nur Verliebte miteinander lachen und das auf Außenstehende immer ein wenig verstörend wirkt.

»Sieht man eigentlich, dass ich nichts drunter trage?«, fragt Simon meine Mutter.

»Noch nicht. Aber deine Betreuerin sollte nicht allzu scharf sein …«

»Ach, die kann aussehen, wie sie will. Ich stehe nur für dich unter Strom, Baby.« Mit diesen Worten nimmt er Esther in den Arm und küsst sie. An diesen Anblick kann ich mich weit weniger gewöhnen als an Simon im Polyester-Anzug.

»Ist Till heute im Kindergarten?«, versuche ich das Geknutsche vor mir mit einer Frage zu unterbrechen.

»Nee, erst ab morgen. Der ist draußen am Kaninchenstall.«

»Ach, der Arme. Dann gucke ich mal, wie es dem Kleinen geht«, sage ich und wende mich zum Gehen.

»Ich muss auch los«, verkündet Simon und Esther gibt ihm zum Abschied einen Klaps auf den Hintern.

Ich laufe barfuß über den Rasen und mir fällt auf, dass ich durch meine permanente Bestrumpfung gar nicht mehr wusste, wie befreiend und natürlich es sich anfühlt, mit nacktem Fuß frisches Gras zu betreten. Hoffentlich mutiere ich durch diese Erkenntnis nicht auch noch zu einem Eso-Öko und beginne Bäume zu umarmen.

Als ich am Stall ankomme, ist Till zu meiner Verwunderung in bester Verfassung, keine Spur mehr von Traurigkeit. Schließlich sehe ich auch den Grund für seine gute Laune: Im Stroh sitzt ein braunes Kaninchen mit niedlich abstehenden Ohren, das frisch gepflückten Löwenzahn mümmelt.

»Guck mal, das is Wülfried«, sagt Till stolz und strahlt über das ganze Gesicht, als er mich bemerkt.

»Wilfried? Och, der ist ja wirklich süß. Wo kommt der denn auf einmal her?«

»Hat Oma aus'm Tierheim. Weil ja Hüldegard jetzt üm Kanünchen-Himmel is.«

Ich gehe in die Hocke, fahre Till mit der Hand über den blonden Schopf und kann nicht anders, als ihn einmal kurz an mich zu drücken.

»Hast du gesehen, was für schöne Flüppsters Wülfried hat?«, fragt Till, während er auf mein rechtes Knie klettert.

Ich versuche die Balanceprobleme irgendwie in den Griff zu bekommen und eine stabile Hockposition einzunehmen. »Was sind denn Flippsters?«

»Na, Wülfrieds Ohren. Die wackeln hün und her, wenn man ihn streichelt. Kann ich dir ja mal zeigen.«

»Gerne! Flippsende Ohren habe ich noch nie gesehen.«

»Aber jetzt müpfelt Wülfried gerade sein Mittag und kann nüch.«

»Vielleicht danach?«

»Dann geht auch nüch, weil er Mittagschlaf macht.«

»Dann sag einfach Bescheid, wenn das Flippsen bei Wilfried besser in den Terminkalender passt, okay?«

»Okay«, antwortet Till und wir beide lächeln.

Zusammen schauen wir dem Kaninchen noch eine Weile beim Mittagessen zu, so lange, bis mir das rechte Bein einschläft, auf dem Till es sich ausgesprochen gemütlich gemacht hat.

»Du, Till. Ich muss später noch mal ins Nachsorge-Zentrum fahren, um die Papiere für Esther abzuliefern. Willst du mitkommen?«

»Nö, der Doktor hat nur blöde Spielsachen. Ich bleib bei Wülfried.«

Tills Ehrlichkeit bringt mich zum Lachen. »Alles klar, richte ich dem Doktor aus«, sage ich und finde es fast ein wenig schade, die Fahrt nachher ohne Till-Entertainment antreten zu müssen.

Im Haus ist die wilde Putz- und Aufräumorgie immer noch in vollem Gange. Nur Bella hat die Ruhe weg, sitzt im Wohnzimmer unter einem Lampenschirm und blättert in einer Illustrierten.

»Bella, hast du deine Aufgaben von der Liste schon erledigt?«, frage ich, da ich keinen Grund sehe, sie von den Verpflichtungen auszunehmen.

»Wie du siehst, bin ich gerade beschäftigt.«

»Und womit, wenn ich fragen darf?«

Sie legt entrüstet die Zeitung auf den Schoß, schürzt ihre Lippen und sagt mit der überdreht aggressiven Stimme einer pubertierenden Fünfzehnjährigen: »Sperr deine Augen auf«, sie deutet auf den Lampenschirm über sich. »Ich bin im Frisiersalon!«

So langsam fällt bei mir der Groschen.

»Ich lasse mir einen Kaiserschnitt machen. Das dauert!«, antwortet Bella im Diva-Modus und nimmt ihre Zeitschrift wieder auf.

Falls ein Regisseur mal den Film »Die fabelhafte Welt der Amnesie« drehen möchte, hätte ich bereits einen Vorschlag für die Hauptrolle.

»Und nur für dich zur Information …«, sie lugt über den Rand ihrer Zeitung, »… meine Aufgaben habe ich im Gegensatz zu dir bereits erledigt. Denn für dich stehen ja auch noch ein paar Dinge auf dem Zettel.«

»Für mich? Warum? Ich wohne doch gar nicht hier.«

Ich gehe in die Küche und prüfe die Liste am Kühlschrank. Einige Aufgaben sind mit einem roten Stift bereits als erledigt markiert worden, doch in den letzten zwei Spalten prangt tatsächlich mein Name. Nett sein und Kuchen backen, das sind die dort vermerkten To-dos. Vermutlich ist Kuchenbacken eine Revanche für das Nörgeln über Simons Möhrenmatsche. Nun ist es an mir zu beweisen, dass ich es besser kann. Leider sind meine Backkünste genauso wenig ausgeprägt wie die Fähigkeiten, ein unkooperatives Gericht zu züchtigen. Wie soll ich mich denn bitte schön zwischen Fusionen und feindlichen Übernahmen, Unternehmenskäufen und Substanzanalysen auch noch auf das Zubereiten von Mürbeteig konzentrieren? Hier greife ich stets auf die bewährten Fertigwaren zurück. Und gegenüber Merle, als Sterne-Restaurant-Verwöhnte, wäre das die kulinarische Privatinsolvenz.

Wo bekomme ich also ein gutes Kuchenrezept her? Das Kinderlied »Backe, backe Kuchen« ist mir jedenfalls keine besonders große Hilfe, denn hier lauten die sieben Ingredienzien: Eier und Schmalz, Butter und Salz, Milch und Mehl, Safran macht den Kuchen gehl … Was bitte schön ist gehl? Meinte der Autor vielleicht geil? Oder meinte er womöglich das Wort gelb und vergewaltigte es kurzerhand zu einem Reim? Vielleicht wird hier aber auch die Verwendung von Haargel propagiert? Es bleibt ein Rätsel, genauso wie die Frage, ob hier ernsthaft Schmalz als Zutat erwogen wird. Ich kann mir durchaus etwas Leckereres im Kuchen vorstellen, als ein fettes Stück Griebenschmalz, am besten noch mit ausgebratenen Speckteilen.

Nein, dieses Lied taugt definitiv nicht als Rezept. Es ist sicherlich ratsamer, meine Unkenntnis mit ein bisschen Internetwissen anzureichern.

»Wenn du vor deinem Abflug noch backen willst, musst du dich aber ranhalten«, liest Merle meine Gedanken.

Ich zucke vor dem Kühlschrank zusammen. »Boah! Hast du mich erschreckt!«

»Bin gerade im Keller fertig geworden. Unten stehen drei Umzugskisten mit Müll. Wenn du willst, kannst du noch mal einen Blick hineinwerfen und darüber nachdenken, ob du etwas von dem Zeug behalten willst. Rondò-Veneziano-CDs zum Beispiel oder Modern-Talking-Kassetten und so Knaller wie Anna – Der Film auf VHS-Video.«

»Ach«, winke ich ab, »hau das Zeug weg. Das meiste davon gehört eh meiner Schwester.«

»Aber die Kassette mit den besten Hits von Sandra habe ich mir unter den Nagel gerissen. Ich liebe Sandra.«

»Die ist auch von Jule, kannst du gerne haben«, sage ich, als Merle unvermutet ihre Haare öffnet, ihre Faust zum Mikrofon ballt und mit wehender Mähne singt:

»I'll never be Maria Magdalena / You're a creature of the night / Maria Magdalena …«, und schließlich grölen wir wie ein Gesangsduo den Refrain zusammen in unsere Faustmikrofone.

Unfassbar, dass man gewisse Songtexte einfach nicht vergisst. Maria Magdalena hat meine Schwester früher gefühlte einhundert Mal am Tag in gnadenloser Endlosschleife gehört und ich fand dieses Lied von Anfang an grässlich. Nichtsdestotrotz hat sich der Text eingebrannt wie ein Tattoo. Vermutlich könnte ich auch noch aus dem Stand November Rain von Guns N' Roses singen oder Nothing else matters von Metallica.

Wir holen beide tief Luft, um unsere Atmung nach der Einlage wieder zu normalisieren.

»Fast schon Bella-Niveau«, sage ich. »Bestimmt klingelt Potschinski gleich wieder, um sich zu beschweren …«

»Quatsch, der ist für die nächsten Jahre ruhiggestellt, dafür sorgt schon seine Frau. Die war nämlich heute Morgen hier und hat sich für ihren Mann entschuldigt.«

»Heute früh, als ich noch im Bierrausch lag?«

Merle nickt.

»Mist, da habe ich ja echt was verpasst …«

»Der Alte hat gestanden, dass er regelmäßig im Club Rosé ›verkehrt‹«, Merle gestikuliert die Gänsefüßchen, »und dass er aus Rache Hildegard abgemurkst hat. Angeblich wegen unseres unorthodoxen Lebensstils.«

»Der wollte uns einen Denkzettel verpassen?«

»Ja, aber damit hat er sich's nun gründlich mit seiner Frau verscherzt. Du hättest sie heute Morgen mal erleben sollen. Frau Potschinski tat der Vorfall aufrichtig leid und sie hat sogar unsere Haushaltskasse großzügig aufgebessert.«

»Siehste, sag ich ja. Diese Frau hat doch ein Herz, wenn auch irgendwo tief versteckt. Und Herr Potschinski, kam von dem noch irgendwas?«

»Nein, der hat sich nicht blicken lassen. Wir vermuten ja, dass er sich in seinem Zimmer eingeschlossen hat, aus Angst, von seiner Frau windelweich geprügelt zu werden.«

»Sie wird die Daumenschrauben der Ehe fester ziehen.«

»Ganz sicher. So bekommt schließlich jeder seine gerechte Strafe.«

Wir beide grinsen hämisch, wie zwei Bösewichte, ganz ohne schlechtes Gewissen.

»Wann geht eigentlich dein Flieger heute Abend?«

»Um 19 Uhr. Dann bin ich mit der Zeitverschiebung um halb zehn abends in New York. Puh, da habe ich mir echt was eingebrockt mit der ganzen Nummer.«

»Ich weiß. Ehrlich gesagt habe ich auch ein ultraschlechtes Gewissen, weil ich dich zum Bleiben überredet habe.«

»Na ja, ich habe es ja selbst so entschieden. Wir können es sowieso nicht mehr ändern.«

»Kannst du nicht heute am frühen Nachmittag fliegen, damit du nicht ganz so spät ankommst?«

»Nee, alles ausgebucht. Aber das passt schon. Dann kann ich während des Fluges noch arbeiten und später einfach nur todmüde ins Bett fallen. So bezwingt man den Jetlag eh am besten.«

»Und, wie fühlst du dich? Alles vorbereitet für den großen Tag?«

»Eigentlich schon. Ich könnte mich natürlich noch viel mehr einarbeiten, aber diesmal muss es einfach so klappen. Auch ohne minutiöse Vorbereitung.«

»Wie ich dich kenne, bist du sowieso tiefer im Thema drin als alle anderen. Wie früher im Studium.«

»Ich fühle mich wie kurz vor einer Mathe-Klausur, wo man sich selbst beruhigt und sagt: Jetzt kannste nichts mehr ändern – entweder es wird oder es wird nicht.«

»Ganz richtig. Scheiter heiter, das ist die Devise.«

Dann klatscht Merle einmal kräftig in die Hände.

»So, du düst jetzt ins Nachsorge-Zentrum, ich mache mit Esther oben weiter klar Schiff.«

»Einverstanden. Ich kaufe dann noch im Supermarkt die Backzutaten ein. Braucht ihr noch was?«

»Nur dich«, sagt Merle, dreht sich herum und läuft die Treppenstufen nach oben.

Kapitel 24

Der Besuch im Nachsorge-Zentrum hatte Ähnlichkeit mit einem One-Night-Stand: Rein, raus, danke. Ich habe fix die Verträge über den Tresen gereicht und stand wenige Minuten später schon in einem nahe liegenden Supermarkt, in dem ich Smartphone-bewaffnet die Zutaten für einen Schokoladenkuchen in den Einkaufswagen legte. Doch als ich an der Kasse im Handy nachlas, dass allein die Backzeit dieses küchenalchemistischen Wunderwerks eine Stunde in Anspruch nehmen sollte, verwarf ich kurzerhand den Plan und fuhr zur stadtbesten Konditorei. Ich werde diese Ausflucht einfach mit der knapp bemessenen Zeit begründen und so das ebenfalls zutreffende Motiv der eigenen Faulheit geflissentlich überdecken. Und in größter Not behaupte ich, dass mein Horoskop mir heute Küchenarbeit verboten hat. So ein Argument verfängt sicher in diesem Haus, denn hier wird jeden Abend diskutiert, ob sich die Horoskop-Viecher tagsüber auch so benommen haben wie prognostiziert. Mein Astro-Wissen beschränkt sich allein auf die Kenntnis meines Sternzeichens. Was hingegen ein Aszendent ist, bleibt mir genauso ein Rätsel wie anderen die Abseitsfalle beim Fußball.

Ich parke das Auto wieder in exakt derselben Parklücke, die ich noch vor anderthalb Stunden verlassen habe. Neben mir auf dem Beifahrersitz türmt sich ein aufwendig verpackter Berg diverser Kuchenstücke. Damit es nicht zu Handgreiflichkeiten kommt, habe ich sicherheitshalber in rauen Mengen eingekauft. Na ja, ehrlich gesagt war das Gebäck in der Auslage derart verlockend, dass ich mich nicht entscheiden konnte und einfach alles mitgenommen habe, was appetitlich aussah (Apropos Sternzeichen: Ist das geschilderte Verhalten möglicherweise typisch Waage?). Aber wie sagt meine Mutter immer so schön: »Alles lässt sich einfrieren«, und ansonsten nehme ich die Reste einfach im Flieger mit … als, pardon, Handgebäck.

Einen Moment lang bleibe ich noch hinter dem Lenkrad sitzen und betrachte unser Haus. Schon komisch, was in den letzten Tagen hier alles passiert ist. Eine Achterbahnfahrt ist nichts dagegen. Vorgestern hätte ich am liebsten noch die ganze Meute vor die Tür gesetzt und jetzt macht mich der Gedanke geradezu wehmütig, die Sippe wieder zu verlassen. Fast beneide ich Esther um das, was sie hier hat. Das pure Leben mit einem Schuss Wahnsinn, besser geht's eigentlich nicht. In mir kommt die Frage auf, ob auch ich etwas in meinem Leben ändern sollte. Muss ich das Ruder herumreißen, um auch so glücklich zu werden wie meine Mutter? Und überhaupt: Muss man im Leben Prioritäten setzen oder kommt es sowieso immer so, wie es kommen soll? Ist es normal, dass man, sobald etwas gut läuft, darüber nachdenkt, ob man das wirklich will? Und was ist das für ein neues Heimatgefühl in mir? Ein Gefühl, das sagt: Eigentlich gehörst du nicht mehr hierher, und trotzdem bist du nirgendwo richtiger.

Mit Schwung steige ich aus dem Wagen, nachdem ich mich mehrfach zu allen Seiten versichert habe, dass Frau Potschinski nirgendwo lauert. Ich fische die Platte mit den Kuchenstücken vom Beifahrersitz und balanciere den Stapel zur Haustür. Die Tür springt auf, als ich mich mit sanftem Druck dagegenlehne.

»Bin wieder da!«, rufe ich freudig dem Getöse im Haus entgegen, doch mit einem Seitenblick ins Wohnzimmer trifft mich der Schlag. Das gesamte Kuchenensemble gleitet mir aus den Händen, sodass vor meinen Füßen nun ein unappetitlicher Haufen liegt, der nun doch frappierende Ähnlichkeit mit Simons Möhrenkuchen hat.

Ich stehe da, mit weit aufgerissenen Augen, alle Glieder stocksteif. Eine Szene wie im Fernsehen, leider nur echt. Viel zu echt. Meine Mutter kauert schmerzgekrümmt auf dem Wohnzimmerboden, beide Hände auf das Herz gepresst, eine Manschette um den Oberarm. Vor ihr kniet ein junger Notarzt, der mit einem Messgerät und Stethoskop versucht ihren Blutdruck zu messen. Daneben sitzt Simon, hält ihre Hand, auf der anderen Seite Merle, die Esthers Kopf streichelt und ihr gut zuredet. Der Ernst der Lage trifft mich ohne Vorwarnung, denn vor unserer Haustür habe ich gar keinen Notarztwagen gesehen. Ich stürze zu meiner Mutter auf den Boden, nehme ihre Hand und rede auf sie ein: »Mama, was ist los, was ist passiert, wie geht es dir?«, doch Esther antwortet nicht. Völlig erschöpft liegt sie da, stöhnt und kämpft um jeden Atemzug. Ich fahre ihr über die Stirn, ihre Schläfen sind schweißnass. In mir steigt Panik auf.

Das erste Mal in meinem Leben habe ich wirklich Angst um meine Mutter. Angst, sie für immer zu verlieren. Aber sie darf nicht gehen. Darf. Nicht. Gehen. Dann Merles Hand auf meiner Schulter. Simons strenger Blick zum Arzt, zu Merle, zu Esther. »Das reicht«, sagt er, aber ich höre es nicht.

Ich drücke Esthers Hand, brülle auf den Notarzt ein: »Was ist mit ihr? Sagen Sie schon. Was ist los?«

Doch der Arzt konzentriert sich weiterhin auf seine Messung. Vorsichtig nimmt er Esther die Blutdruck-Manschette vom Arm, wickelt das Gerät ungeschickt zusammen und setzt dabei eine ernste Miene auf. In mir zieht sich alles zusammen, es ist ein Gefühl, als ob mich etwas von innen würgt, kurz bevor ich ersticke.

»Bitte beruhigen Sie sich erst mal!«, sagt er zu mir. »Sie sind der Sohn, nicht wahr?«

»Ja, natürlich bin ich der Sohn. Was ist mit meiner Mutter?«

»Ihr Zustand ist ernst. Aber trotzdem besteht kein Grund zur Panik. Kann ich Sie bitte kurz allein sprechen?«

Mein Herz schlägt schneller. Der Arzt geht mit festem Schritt in die Küche, ich folge ihm.

»Um es kurz zu machen, Herr Heitmann, Ihre Mutter hatte einen obstruktiven Desolationsanfall mit anaeroben Schwellen in dystopische Cortex-Areale sowie in vegetative Sub-Hemisphären. Sie leidet an einer akuten endoplasmatischen Zirrhosen-Obstruktion mit prävalenten Insuffizienz-Tendenzen. Das kann schlimmstenfalls in ein prädestinatives Stadium führen, wenn, und ich betone wenn, sich ihre Mutter weiterhin großem emotionalem Stress exponiert.«

Ich verstehe kein Wort. Offenbar ist meine geistige Aufnahmefähigkeit durch die panikartige Adrenalin-Ausschüttung blockiert.

»Was soll das alles heißen? Emotionaler Stress?«

»Na ja, Naturkatastrophen, Scheidung, Tod oder auch Abschied. Ich habe gehört, Sie wollen bald abreisen und lassen Ihre Mutter allein?«

»Ja ... ich wollte ... heute Abend eigentlich wieder nach New York fliegen ...« Ich schlucke. »So ernst ist es mit ihr?«

»Todernst. Ich gebe der Patientin jetzt noch ein Mittel zur frontalen minimalinvasiven Beruhigung, damit hören die neurasthenischen Krämpfe sofort auf und der Musculus constrictor versicae beruhigt sich. Dann braucht sie emotionalen Zuspruch, zweimal am Tag Wadenwickel und nicht vergessen: viel trinken.«

Er geht zurück ins Wohnzimmer, hebt Esthers Kopf an und flößt ihr aus einer Quetschampulle eine braune Flüssigkeit ein. Sie verzieht ihr Gesicht, sofort beruhigen sich ihre Bewegungen und der Arzt hebt sie mit Merles Hilfe vorsichtig auf das Sofa.

Bevor er sich nun verabschiedet, legt er noch einmal prüfend seine Handfläche auf Esthers Stirn, zieht ihr das rechte Augenlid nach unten und nickt. »Das wird alles wieder, Frau Heitmann, keine Sorge.«

In diesem Moment platzt Till durch die Wohnzimmertür. »Shaun das Schaf ist fertig«, krakeelt er und erstarrt, als er Esther auf dem Sofa liegen sieht.

Merle wird plötzlich ganz hektisch. »Spatzi, bleib mit Bella noch oben und schau mit ihr eine weitere Folge, ja?!«

»Ich darf doch sonst auch nur eine gucken ...«, antwortet Till, während er versucht, sich auf die Szenerie im Wohnzimmer einen Reim zu machen.

»Wir machen eine Ausnahme, bitte geh hoch zu Bella!«

Aber in genau diesem Moment kommt die alte Dame bereits zur Tür herein. »Hallöchen, meine Lieben.«

Simon und Merle gefrieren die Gesichtszüge, der Arzt dreht Bella den Rücken zu.

»Nanu, wen haben wir denn da?« Bella marschiert mit detektivischem Gespür schnurstracks auf den Notarzt zu und tippt ihm von hinten auf die Schulter.

»Guter Mann, haben Sie mir diesmal eine Donatello-Pizza mit Artischocken mitgebracht? Denn letztes Mal kam eine Leonardo-Pizza mit Marshmallows, Matjes, Leberwurst und einem Schuss Eierlikör. Das muss wohl irgendeine Irre bei Ihnen bestellt haben ...«

Plötzlich lacht Merle laut auf.

»Ach, Bella-Schatz, das ist doch nicht der Pizzabote, sondern der Onkel Doktor. Du verwechselst da etwas.« Alle anderen fallen ins Lachen mit ein, selbst Till lacht mit und weiß vermutlich gar nicht, warum.

»Wollt ihr mich veralbern, Kinder? Gebt es zu, ihr habt Pizza bestellt und wollt dem Baby und mir mal wieder nichts abgeben!«

»Ich bün kein Baby mehr, sondern schon fünf.«

»Papperlapapp. Alles, was jünger ist als ich, ist ein Baby.«

»Bella, wir haben keine Pizza bestellt, Esther hatte einen Schwächeanfall.«

»Ja, vermutlich vor Hunger.«

»Sei jetzt bitte so lieb und geh mit Till wieder nach oben. Wir holen euch gleich, einverstanden?«

»Auf keinen Fall! Ich bin zwar alt, aber nicht senil. Bote, rück die Pizza raus. Aber dalli.« Der Notarzt steht einfach nur überfordert im Raum und guckt trostlos wie Dauernovember.

»Bella, dieser Mann ist Arzt, kein Pizza-Bote. Wir erklären euch das später, okay?«

»Das is nüch der Notarzt. Das is Olaf. Der büngt uns ümma Püzza mit seinem Püzzamobil«, ruft Till nun aufgebracht dazwischen. Dann läuft er in die Küche und schiebt die Gardine am Fenster zur Seite. »Guck! Da is Olafs Auto!«

Da alle Beteiligten im Wohnzimmer betreten zu Boden schauen, werde ich misstrauisch. So folge ich Till in die Küche, schaue aus dem Fenster und tatsächlich, auf der anderen Straßenseite parkt versteckt ein quietschrotes Pizza-Auto. Ich gucke Till an, schaue zu Bella, Merle verkneift sich ein Lachen, der Arzt presst grinsend die Lippen zusammen, Esther richtet sich vergnügt auf dem Sofa auf, ehe Till ihr freudig in die Arme springt. »Och, ihr habt uns die ganze Tour vermasselt«, sagt sie etwas verschnupft und streicht Till über den Rücken.

Moment mal. Was ist hier los? Bin ich gerade unfreiwilliger Hauptdarsteller einer miesen Schmierenkomödie geworden?

»Das ist jetzt nicht euer Ernst, oder? Ihr habt mir diese ganze Nummer nur vorgespielt?«

Mit einem Mal fangen alle um mich herum an zu lachen, erst leise, dann immer lauter. Merle umarmt den Notarzt und gratuliert ihm zu seiner schauspielerischen Meisterleistung. Nur Simon scheint der Spaß nicht recht gefallen zu haben.

»Uns ist nichts Besseres eingefallen, um dich zum Hierbleiben zu bewegen«, sagt Esther. »Es ist so schön, wenn du bei uns bist. Du gehörst doch zu uns, zu unserer Familie …«

Ich brauche ein paar Sekunden, um die Lage zu verstehen. Mir schwirrt der Kopf.

Alles nur vorgespielt. Ein dummer Scherz. Ein blöder Streich. Als ich das begreife, koche ich vor Wut.

»Sagt mal, spinnt ihr? Mama, ich hatte Angst um dich, hörst du, eine Riesenangst!«

Das Gelächter verstummt augenblicklich, als klar wird, dass ich diese Angelegenheit alles andere als komisch finde.

»D-d-dein Schweiß eben auf der Stirn …«

»… kam aus der Sprühflasche zum Blumengießen.«

»Und das Medikament, das du eingenommen hast …«

»… war Sojasoße aus einem Quetsche-Fisch, den wir noch vom Sushi übrig hatten. Boah, wisst ihr eigentlich wie eklig Sojasoße pur schmeckt?«

»Und der Notarzt da?«

Nun meldet sich der verkleidete Pizza-Arzt zu Wort: »Olaf Strecker, mein Name. Wir kennen uns eigentlich noch von früher.«

»Schauspiel-Olaf?«, frage ich ungläubig und versuche im kantigen Gesicht den moppeligen Typen von damals auszumachen.

»Exakt.«

»Und du fährst jetzt Pizza aus?«

»Ja, aber nicht mehr lange. Zur kommenden Spielzeit stehe ich hier am Stadttheater unter Vertrag.«

Ich atme tief durch. Kann in dieser Geisterbahn endlich mal jemand das Licht anknipsen?

»Ihr wollt eine Familie sein?«, bricht es aus mir heraus. »Ihr seid ein riesengroßer Scheiß!«

Damit drehe ich mich um, trete aus Versehen in das Kuchenungetüm am Boden und laufe mit Apfel-Streusel unter der Schuhsohle nach oben in Esthers Zimmer, um meine Sachen zu packen. Die Rufe von Merle, Simon und Esther ignoriere ich. Keine Sekunde länger bleibe ich in diesem Haus. Schnell suche ich meine Siebensachen zusammen, werfe alles ungeordnet in den Koffer, überprüfe, ob ich wirklich nichts vergessen habe, und trete dann meine Flucht an. Doch im Hausflur treffe ich auf Till, der eine Kinderschnute zieht und sagt: »Ich wüll nüch, dass du gehst. Wir sind doch Froinde.«

Ich stelle meinen Koffer ab und beuge mich zu ihm hinunter. »Klar sind wir Freunde. Aber ich muss mein Flugzeug nach New York erwischen.«

»Aber warum gehst du denn jetzt schon? Du wolltest doch erst heute Abend los.«

»Ich bin sauer. Und traurig. Deswegen gehe ich jetzt.«

»Geh nüch«, sagt Till und fällt mir plötzlich um den Hals. »Bleib noch!«

Ich drücke ihn an mich, nehme ihn hoch auf den Arm, dann höre ich ihn leise schluchzen.

»Geh nicht«, kommt es nun auch aus dem Wohnzimmer, wo Simon im Türrahmen steht. Hinter ihm Esther, Merle und Bella. »Das war eine vollkommen blöde Idee von uns.«

»Wir wollten dich einfach noch ein bisschen hierbehalten.« Ich lasse Till wieder auf den Boden zurück, er läuft zu Merle, vergräbt dort sein Gesicht an ihrem Bein, während ich versuche meine Kränkung in Worte zu fassen.

»Mama, du hast mich echt enttäuscht. Und dass ihr, Merle und Simon, bei so etwas mitmacht: ohne Worte!«

»Wir haben Mist gebaut«, sagt Merle reumütig.

»… und sind zu weit gegangen. Bitte verzeih uns.«

»Das könnt ihr euch sparen«, kommentiere ich barsch, drehe mich um und habe schon die Klinke in der Hand, als Simon plötzlich ernst und fordernd ruft: »Bleib!«

Mir entfährt ein zynisches Lachen: »Willst du mich zwingen, hierzubleiben?«

»Bleib!«, wiederholt er mit scharfer Stimme. Sein Gesicht steht voller Spannung, als würde jeden Moment etwas aus ihm herausbrechen. Esther fasst nervös an Simons Arm, Merle trippelt angespannt von einem Fuß auf den anderen.

»Nicht, Simon, bitte nicht!«

»Ich kann nicht anders!«

»Tu es nicht. Bitte! Du machst alles kaputt.«

Glauben die etwa, ich hätte tatsächlich Angst, dass mir Simon eine reinhaut? Das ist doch lächerlich.

»Wisst ihr was? Ihr könnt mich alle mal. Alle miteinander«, rufe ich und reiße die Haustür auf.

»Bleib hier! Tu es deinem Sohn zuliebe!«

Ich bleibe abrupt stehen. »Bitte was?« Ich dürfte in etwa den Blick einer schockgefrosteten Forelle draufhaben. »Sohn? Willst du, dass ich dich adoptiere oder was?«

»Simon, halt jetzt endlich die Klappe«, ruft Merle aufgebracht.

»Wieso? Irgendwann muss Philip es doch erfahren. Wenn man die beiden so sieht, dann zerreißt es einem doch das Herz.«

»Ich habe gesagt, du sollst ruhig sein!«, keift Merle und trommelt ihre Fäuste auf Simons Brust.

»Willst du Till ein Leben lang den Vater verschweigen?«

»Till ist … er ist mein Sohn?«, stammele ich, schaue zu Till und stelle fest, dass auch ihn diese Nachricht völlig überrascht.

Genauso wenig, wie ich wusste, dass ich einen Sohn habe, genauso wenig war Till offensichtlich klar, dass ich sein Vater bin.

»Scheiße, scheiße, scheiße! Ja, du bist der Vater!«

Ich aber stehe auf dem Schlauch. »Wie … wie … wie kann das sein? So rein biologisch?«

»Dann erinnere dich mal an unseren letzten Abend, bevor du nach New York gegangen bist. Wir hatten …«

»Abschlusssex!«, fällt es mir siedend heiß ein.

Dieser besagte Abend schiebt sich mit Wucht in mein Bewusstsein. Da war ich, da war Merle, ein Streit im Raum, ein Plan im Kopf. Ein neuer Schritt, ein neuer Job, ein neuer Kontinent, ein neues Leben. Dann gab es Tränen. Wir waren traurig, dass die gemeinsame Zeit vorbei war, traurig, dass sich unsere Leben trennten, traurig, dass es kein »Wir«, »Uns« oder »Philip und Merle« mehr geben würde. Unsere Zeit war abgelaufen. Mit dieser Erkenntnis ließen wir uns noch einmal fallen, spürten uns und spürten das Gefühl, wie es war, als es noch gut war. Wir taten ein letztes Mal so, als sei alles okay, als gäbe es nichts, was uns trennt, nichts, was uns auseinanderreißen könnte. Wir ließen unseren Gefühlen freien Lauf, wir ließen uns gehen. Ein letztes Mal.

Es gibt kein Wort dafür, wie ich mich gerade fühle. Kein Wort. So, wie es auch kein Adjektiv dafür gibt, nicht riechen zu können. Ein blinder Fleck im Sprachkosmos, ein tauber Punkt. Ich stütze mich an der Wand ab, um dem Schwindel entgegenzuwirken. Ich sage mir immer und immer wieder: Till ist mein Sohn. Ich bin der Vater. Till ist mein Sohn. Ich bin der Vater … Die Wirklichkeit hängt in einer Dauerschleife fest, ähnlich einer DVD, die in ihrem Rekorder ins Stocken gerät und immer die gleiche Szene wiederholt. Alles ist anders und nichts ist mehr so wie zuvor. Was ich eben noch für mein Leben gehalten habe, steht plötzlich Kopf. Alles dreht sich und nichts hat mehr Halt.

»Ihr habt alle davon gewusst und es mir die ganze Zeit verschwiegen?«, frage ich mit matter Stimme in die Runde.

Stille. Keiner rührt sich.

»Till, mein Schatz«, wendet sich Merle an ihren Sohn. »Es tut mir leid, dass du es auf diesem Weg erfahren musstest.«

»Wieso hast du mir nicht gesagt, dass wir einen Sohn haben, Merle?«

»Du wolltest doch keine Kinder, keine Familie. Das war dir alles zu früh, passte nicht in dein Lebenskonzept.«

Ich schüttele fassungslos den Kopf und lasse das Gesagte einfach stehen. »Und du, Mama, wenn du es auch gewusst hast, wie kannst du mir so etwas Entscheidendes verschweigen?«

»Ich habe Merle versprochen, dir und Till nichts davon zu erzählen. Merles Vermieter hat ihr damals wegen Eigenbedarf gekündigt, sie stand mit ihrem Neugeborenen quasi auf der Straße. Dann, in höchster Not, rief sie eines Abends bei mir an, bat um Hilfe und ich habe die beiden sofort bei mir aufgenommen. Eines Abends dann, ich weiß es noch ganz genau, da hat mir Merle unter Tränen gestanden, dass Till euer Sohn ist. Sie war drauf und dran, wieder ausziehen, aber ich wollte, dass sie hierbleibt, mit Till. Aber sie blieb nur unter der Prämisse, dass wir Stillschweigen über die ganze Sache vereinbaren.«

»Und darauf hast du dich eingelassen? Welche Mutter macht denn so was? Du warst doch nur froh, dass du über Nacht zu einem Enkelkind gekommen bist!«

»Nein, ich wollte Gutes tun.«

»Du wolltest Gutes für dich tun, das ist ein himmelweiter Unterschied!«, sage ich erbost. »Das Gleiche bei dir, Merle. Es hat dich einen Dreck interessiert, was das Ganze für Till und mich bedeutet.«

Mir ist übel und schwindelig. Ich muss hier weg, sofort. Ich greife meinen Koffer und eile zum Auto, Esther folgt mir im Laufschritt.

»Bitte, Philip, lass uns noch mal über alles reden …«

»Ich bin fertig mit euch. Ein für alle Mal«, sage ich, steige ein, lasse den Motor aufheulen und rausche mit quietschenden Reifen davon.

Kapitel 25

Wo ist das Happy End, wenn man es mal braucht? Hat es vielleicht verschlafen, einen dringenden Arzttermin oder versteckt es sich irgendwo und kichert, weil ich von einem Unglück ins nächste rausche? Ist es verreist, unbekannt verzogen oder wurde es möglicherweise in ein düsteres Verlies gesperrt und wartet dort selbst auf ein Happy End?

Wie dem auch sei, mein fein säuberlich aufgestelltes Kartenhaus ist jedenfalls in einem Orkan hinweggefegt worden. Als wäre ich aus Versehen in die Zauberkugel der Mini Playback Show geraten, um Sekunden später als jemand anderes auf der Bühne zu stehen, der mein eigenes Leben imitiert. Oder sagen wir besser: das, was ich für mein Leben gehalten habe.

Mit viel zu hoher Geschwindigkeit rase ich durch die Straßen. Till ist mein Sohn, das sage ich mir so oft, bis es sich nicht mehr vollkommen lächerlich anhört. Ich schreie gegen meinen Frust und gegen die Lieder im Radio an, donnere über die Bremsschwellen der Tempo-30-Zonen, sodass ich das Gefühl habe, einige Meter zu fliegen. So wie K.I.T.T. bei Knight Rider, wenn man den Turbo Boost drückt. Als ich dann recht unsanft wieder auf dem Boden der Tatsache lande, ist mir klar, dass in Abwesenheit von Happy End ein Verkehrsunfall nahezu garantiert ist, wenn ich nicht augenblicklich rechts heranfahre und mich beruhige. Mir ist brütend heiß. Mein Hals ist trocken und der Durst unerträglich. Zudem habe ich ein unbändiges Verlangen nach etwas Salzigem, nach Fisch, Burger oder Pommes, irgendetwas, das mein Belohnungszentrum aktiviert. Und da fällt mir der Hort ein, der bei solcherlei vorherrschenden Gelüsten die Arme ausbreitet, der dich aufnimmt, wenn es Zeit ist, sich richtig zugrunde zu richten – nein, nicht McDonald's: Die Notfall-Apotheke, diese Kiosk-Mischung aus versiffter Eckkneipe und schäbigem Fress-Stand. Da ich ein gutes Stück zu weit gefahren bin, wende ich mit aller Vorsicht und tuckere den Weg mit konsequent 20 km/h auf der Hauptstraße zurück – bei herrschendem Überholverbot. Ohne Happy End gehe ich lieber auf Nummer sicher. Schließlich erreiche ich unter lautem Hupkonzert der nachfolgenden Fahrzeuge die Notfall-Apotheke und biege behutsam auf den kleinen Schotterparkplatz gegenüber der S-Bahn-Station ein, selbstverständlich unter Berücksichtigung der korrekten Abfolge von Spiegel-Blinker-Schulterblick. Jemand aus dem aufgestauten Auto-Korso wirft, als er wütend vorbeifährt, einen gammeligen Apfel auf mein Autodach, andere zeigen mir ihre Mittelfinger und die Anzahl der Beschimpfungen aus heruntergekurbelten Fenstern kann ich gar nicht zählen. Aber mir ist das egal. Mit steifen Beinen wanke ich aus dem Wagen und stakse zum Kiosk. Der Budenbesitzer scheint genauso am Boden festzukleben wie meine Hände am speckigen Tresen, denn trotz mehrmaligen Klingelns wird das kleine klapprige Schiebefenster nicht geöffnet. Am seitlichen Bistrotischchen steht wieder – oder immer noch – der grauhaarige, zottelige alte Mann mit glasigen Augen, verschlissenem Parka und einem Urwald aus Bart, wie gestern, als ich hier für unsere kleine Gartenparty eingekauft habe. Vor dem Mann steht eine beeindruckende Reihe Schnapsflaschen. Den Rest des Tisches nimmt eine bereits zur Hälfte geleerte Packung Schokoküsse ein, aus der er sich fortwährend bedient. Wie er es schafft, dass sein Bart nach dem Verzehr dieser auf Waffel dressierten Zuckerpampe keine Überreste aufweist, bleibt mir ein Rätsel. Denn ich kann diese Dinger nicht essen, ohne hinterher auszusehen, als habe man mir einen kompletten Kuchen ins Gesicht gedrückt. Das gleiche im Übrigen mit Eis.

Ich klingele noch mal. Und länger.

»Da macht keiner auf. Mittagspause«, sagt der Mann vom Bistrotisch.

»Hä? Die Notfall-Apotheke hat doch rund um die Uhr auf!«

»Seitdem Kalle es mit den Bandscheiben hat, legt er sich mittags immer 'ne Runde aufs Ohr.«

»Es ist doch aber schon Nachmittag«, sage ich.

»Na, dann ist er wohl nicht hochgekommen. Der hat ja auch noch Bronchien, Ischias, Hüfte, Rücken, Knie und jetzt die Bandscheibe … Aber warte mal, Junge, was brauchste denn?«

Der Mann löst sich vom Tisch und schwankt mit ordentlicher Fahne in meine Richtung.

»Alkohol, Burger und ein paar von diesen Rollmöpsen da«, sage ich und tippe an die Scheibe.

»So schlimm?«

»Schlimmer!«, antworte ich.

»Okay, aber Alkohol gibt's nicht. Du musst ja noch fahren.«

Ich zucke mit den Schultern. »Ist ja eh keiner da, der mir das Zeug hier verkauft. Oder haben Sie etwa einen Schlüssel?«

»Na ja, so was Ähnliches. Aber die Burger, Junge, die kann ich dir nicht empfehlen. Die macht Kalle immer nur in der Mikrowelle warm. Wenn du nicht irgendwann mal so aussehen willst wie ich, dann würde ich an deiner Stelle das Zeug nicht essen.«

»Und die Rollmöpse, die hier angeboten werden?«

»Sind von vorletzter Woche. Und selbst da war das Verfallsdatum schon abgelaufen.«

»Dein Kalle verkauft Ware, die abgelaufen ist?«

»Ja klar, oder warum, glaubst du, ist in diesem Viertel Hepatitis ausgebrochen? Kommt alles von Kalles Fischkram.«

»Das ist nicht dein Ernst?!«

»Doch. Wie soll denn Kalle mit Bandscheibe zum Fischmarkt? Da verkauft er eben das, was er so findet.«

»Hier ist wirklich Hepatitis ausgebrochen? Ich dachte, das kriegt man nur durch ungeschützten Geschlechtsverkehr?«

»Rollmöpse essen ist ungeschützter Geschlechtsverkehr. Aber immerhin gab es hier noch keine Salmonellen. Wobei das auch nicht mehr so lange dauern dürfte …«

»Aber da müsste doch mal das Gesundheitsamt vorbeikommen.«

»Nein, bloß nicht. Dann wäre Kalle ja arbeitslos, das kann man ihm nicht antun. Der hat doch kaum Rente.«

Der alte Mann beugt sich auf den Tresen, reißt mit einem Ruck die Verkaufsluke zur Seite und macht die einladende Geste eines Zirkusdirektors. »Taraaa, was darf's sein? Leider gibt's heute nur ein eingeschränktes Angebot für Dinge in Griffweite.«

»Mensch, bist du verrückt«, rufe ich und versichere mich umgehend, ob jemand den Bruch bemerkt haben könnte. »Bestimmt geht hier gleich ein Alarm los.«

»Quatsch, ich kenne den Laden in- und auswendig. Was willste? Ne Bockwurst mit Mayo? Die könnte ich noch rausfischen aus'm Eimer …«

So verlockend eine Lebensmittelvergiftung auch klingt, das wäre jetzt das Letzte, was ich brauchen könnte.

»Ich nehme lieber eine bunte Tüte. Und bitte irgendwas zu trinken.«

»Wird gemacht, Chef«, sagt er, schwingt mit seiner rechten Pranke und geübtem Griff hinter das Ladenfenster, erwischt eine Mineralwasserflasche, eine Box grüner Frösche, eine Box saure Pommes, eine mit weißen Mäusen, Cola-Krachern und bunten Bändern … nur die Lakritzschnecken fallen leider im Inneren zu Boden und verteilen sich dort in alle Richtungen.

»Reicht das?«, fragt er, während ich schon gierig die Wasserflasche am Hals habe und hastig nicke.

Dann greift der Mann in seine rechte Jackentasche und holt mehrere Bündel 200-Euro-Scheine heraus, legt einen davon in die Bezahlschale und schiebt das Fenster wieder zu.

»So, und jetzt erzähl mal. Wie heißt denn deine Freundin, die dich vor die Tür gesetzt hat?« Er stopft die Geldbatzen wieder in seinen Parka und wankt zum Bistrotisch zurück.

Ich glaube, ich träume. Woher hat dieser Mann so viel Geld?

»Sie hat Schluss gemacht, richtig?«

»Nein«, sage ich. »Das ist alles viel komplizierter.«

»Na, dann schieß mal los. Ich habe Zeit, Schnaps und Schokoküsse.«

Ich stopfe allerhand Weingummi-Zeugs in mich hinein und berichte, was in den letzten Tagen vorgefallen ist. Ich erzähle von meinem Job, dem wichtigen Deal, von meiner Mutter, ihrem Krankenhausaufenthalt, ihrem Freund, dann vom vorgespielten Herzinfarkt, von Bella, von Merle und Till – meinem Sohn. Und dass ich eigentlich gerade auf dem Weg zum Flughafen bin. Der alte Mann lacht immer wieder zwischendurch, schüttelt amüsiert den Kopf, vertilgt währenddessen zwei weitere Schaumküsse und klopft mir nach meiner Ausführung kumpelhaft auf die Schulter.

»Ich dachte schon, mein Leben ist schwierig. Aber deines, Junge, ist richtig beschissen«, lacht er.

»Danke, ich weiß!«

»Und dein Sohn, wie sieht er aus?«

Ich hole tief Luft, doch gerade als ich mit meiner Beschreibung ansetzen will, fällt der Mann mir ins Wort.

»Warte, lass mich mal raten! Er ist etwa fünf bis sieben Jahre alt, ein aufgewecktes Kerlchen, blondes Haar, trägt gelbe Gummischuhe und hat ein Kaninchen.«

Mir fällt die Kinnlade herunter. »Das stimmt. Woher weißt du das?«

»Weil vor etwa fünf Minuten, als du deine Geschichte erzählt hast, ein kleiner Junge mit einem Kaninchen im Bollerwagen da vorn den Aufzug zu den Gleisen genommen hat.«

Mir läuft ein Schauer über den Rücken. »Bist du dir sicher?«

»So sicher, wie da oben gerade 'ne S-Bahn einfährt. Ist doch klar, der Kleine will zu dir.«

Hektisch blicke ich mich um und in der Tat kommt oben im Gleis gerade ein Zug zum Stehen, Fahrtziel Flughafen.

Ich laufe, so schnell ich kann, über die Straße, suche den richtigen Aufgang in der Station, hetze die Treppen nach oben und sehe, wie die Bahn sich gerade wieder langsam in Bewegung setzt. Ich laufe nebenher, klopfe an die Scheiben, rufe: »Halt. Stopp«, aber der Zug beschleunigt und setzt seine Fahrt schonungslos fort.

Ich stürme die Treppen wieder hinab, laufe über die Straße, zu meinem Auto, will mich noch bei dem alten Mann für die

Informationen bedanken, doch ich komme ins Stutzen. Zu meiner Überraschung ist der Bistro-Tisch leer. Der Mann ist nirgends zu sehen, wie vom Erdboden verschluckt. Ich schaue noch mal durch die Scheiben des Kiosks, laufe einmal um die Bude herum, aber vergebens. Nur die Schnapsflaschen stehen noch da und das Weingummi, aber die Schokoküsse in der Packung, die sind leer.

Ich springe ins Auto, starte den Motor und rase los. Es muss doch möglich sein, Till an einer der nächsten S-Bahn-Stationen abzupassen.

Station eins: Fehlanzeige. Ich komme zu spät. Frust.

Station zwei: eine Verkehrsschranke durchkreuzt die Planung. Wutanfall.

Station drei: Trotz einkalkuliertem Verfahrbonus und Parkplatzpanikpuffer habe ich den Zug verpasst. Ausraster.

Station vier: kennt mein Navigationsgerät nicht, denn es führt mich über einen hügeligen Feldweg direkt zu einem Klärwerk.

Als sich mein Gehirn-Reaktor wieder abgekühlt hat, wird mir klar, wie unsinnig es ist, den S-Bahn-Stationen nachzujagen. Lieber fahre ich direkt zum Flughafen und fange Till dort ab, in der Hoffnung, dass er wirklich bis zur Endstation sitzen bleibt und nicht vorher von Kontrolleuren, Aufsichtspersonen oder irgendwelchen Geistesgestörten aus der Bahn gezogen wird. Ich gebe Gas und spüre eine bohrende Sorge in meiner Magengrube. Komisch, auf einmal ist Vatersein kein abstraktes Konzept mehr, das nur anhand von vagen Zukunftsplänen in meinem Kopf existiert. Es ist plötzlich ganz konkret. Kann man Vatersein eigentlich lernen? Gibt es für Fälle wie mich einen Crash-Kurs, Titel: »Vatersein in 24 Stunden – von null auf hundert«, oder so? Wer kann mir das beibringen, was mir selbst nie vorgelebt wurde?

Natürlich gerate ich in den Berufsverkehr, natürlich steht jede Ampel minutenlang auf Rot und natürlich habe ich alle in Deutschland befindlichen Trecker, Bagger und Agrarmaschinen vor mir, die mit Dorfgeschwindigkeit auf jener Strecke unterwegs sind, die ich für meine Bleifußfahrt zum Flughafen erwählt habe. Manchmal kann man gar nicht so dumm denken, wie es wirklich kommt.

Ich stelle das Auto schließlich direkt im Parkverbot vor der Abflughalle des Flughafens ab, stürze hinein, laufe in das Untergeschoss zu den S-Bahnen, aber Till ist nirgends zu sehen. Ich prüfe die Ankunftsanzeige, um herauszufinden, wann zuletzt eine S-Bahn aus unserer Richtung eingetroffen ist. Vor dreißig Minuten. Verdammter Mist. Ich renne wieder nach oben, suche den gesamten Abflugbereich ab, renne durch die Cafés und Restaurants, aber von Till weiterhin keine Spur. Kopflos spreche ich irgendwelche Reisenden an, ob ein kleiner blonder Junge gesehen wurde, der mit einem Kaninchen im Bollerwagen unterwegs ist. Ich ernte entweder nur Kopfschütteln oder skeptische Blicke, die meine geistige Verfassung infrage stellen. So haste ich zum Info-Schalter, um Till von dort durch die Lautsprecher ausrufen zu lassen, aber da, mitten in der Schalterhalle, sehe ich ihn. Ein Ruck geht durch meinen Körper. Till steht mit dem Rücken zu mir vor einem Flugticketschalter, hinter ihm der Bollerwagen, aus dem das Kaninchen Wilfried neugierig hervorlugt, daneben eine Tüte Möhren, eine angebrochene Milchflasche, Kekse und ein kleiner Shaun-das-Schaf-Koffer. Der Stein, der mir vom Herzen fällt, könnte ein Erdbeben auslösen. Till trägt ein Bärenportemonnaie um den Hals, steht auf Zehenspitzen und versucht der völlig verdutzten Schalterangestellten klarzumachen, dass er für sich und Wilfried ein Ticket nach New York kaufen möchte. Ich bleibe in einiger Entfernung hinter einer Säule stehen und lasse meinen Sohn nicht mehr aus den Augen. Ich sehe voller Rührung, wie er verschiedene Münzen aus seinem Kinderportemonnaie auf den hohen Tresen schiebt, höre, wie er Wilfried beruhigt, dass er keine Angst vorm Fliegen haben muss, schmunzele, als Till einen Sitzplatz vorn im Cockpit fordert, neben dem Piloten, damit er besser rausgucken kann. Und ich bin wahnsinnig stolz auf das Kind dort vor mir, das ich auf einmal mit ganz anderen Augen sehe. Vaterstolz. Ich überlege, was Till rein äußerlich von mir haben könnte. Die Nase auf jeden Fall, die leicht abstehenden Ohren, vermutlich auch die Haarfarbe, denn als Kind war ich ebenfalls strohblond. Und was den Charakter betrifft, hat er sicher die Sturheit von mir geerbt.

Wo denn seine Eltern seien, fragt die Ticketverkäuferin nun.

»Phülüp is in Nujork und Mama is zu Hause.«

»Du bist ganz allein unterwegs?«

»Nö. Wülfried is doch bei mir.«

»Dann muss ich aber deine Mutter verständigen, dass du hier im Flughafen bist. Die macht sich sicher schon Sorgen.«

»Ich wüll aber zu Phülüp nach Nujork«, erklärt Till und legt noch zusätzlich zu den paar Münzen einige Kekse und Mohrrüben auf den Schalter. »So, mehr kann ich dir nüch geben. Den Rest brauchen wir für uns.«

Die Ticketverkäuferin guckt sich um und hat schon den Telefonhörer griffbereit, als sie mich hinter der Säule entdeckt, wie ich mit einem breiten Lächeln und herzerwärmtem Gesichtsausdruck das Geschehen verfolge.

»Entschuldigen Sie, kennen Sie diesen Jungen?«, ruft sie zu mir herüber und reißt mich damit aus meiner Starre.

»Ja!«, sage ich und bin mit einem Mal hellwach. »Das ist mein Sohn.«

Als Till meine Stimme hört, dreht er sich blitzschnell um, hüpft vor Freude, ruft »Phülüüüüüüp!« und läuft mir jubelnd in die Arme. Ich nehme ihn hoch, er schlingt sich um meinen Hals, ich drücke ihn fest an mich und kann mein Glück kaum fassen. Ein Gefühl wie Schwerelosigkeit, wie Höhenrausch. Wir gehören zusammen, das spüre ich. Es fühlt sich so verdammt gut an, dieses Kind auf dem Arm zu haben. Verdammt gut und verdammt richtig.

Mit einem Mal schießt Merle wie ein Irrlicht aufgelöst in die Abflughalle. Sie läuft in gleicher panischer Sorge an den verschiedenen Abfertigungsschaltern vorbei, spricht willkürlich Reisende an, durchkreuzt ein Café, ehe sie mich mit Till entdeckt. Sofort stürmt sie mit wehendem Haar in unsere Richtung, stolpert noch über einen Gepäckwagen, den ein älteres Ehepaar durch die Halle schiebt, und ruft schon von Weitem: »Seid ihr irre! Ich bin gerade gestorben vor Angst.« Als sie schließlich bei uns ankommt, versucht sie Till sofort auf ihren Arm zu ziehen, doch er umklammert weiterhin meinen Hals wie eine Boa constrictor.

»Ich will dich kurz drücken, mein Schatz. Ich habe mir solche Sorgen gemacht«, sagt sie völlig außer Atem, aber Till reagiert nicht.

»Ich weiß, ich habe eine Riesenscheiße gebaut.«

»Scheiße sagt man nüch.«

»Wir waren alle so mit Streiten beschäftigt, dass keiner von uns mitgekriegt hat, wie du dich heimlich aus dem Staub gemacht hast, Till.«

»Ich hab mich ja nur zu Staub gemacht, weil du mir nüch gesagt hast, dass ich 'nen Phülüp als Papa habe.«

»Ich weiß, mein Schatz, das war nicht richtig von mir. Kannst du mir das verzeihen?«

»Nö«, antwortet Till und legt seinen Kopf wieder schmollend an meine Schulter.

»Und du, Philip?«

»Auch nö. Du hast gesagt, dass Tills Vater ein karrieregeiler Spießer ist und kein Vorbild für deinen Sohn. Und ich Trottel habe dir noch zugestimmt.«

»Ich weiß, das war nicht fair.«

»Nicht fair? Du hast mir fünf Jahre meinen Sohn vorenthalten. Ich sollte dich dafür verklagen und meine Mutter gleich mit.«

Langsam wird mir Till auf dem Arm zu schwer, ich lasse ihn hinunter, und im gleichen Moment tritt die Ticketverkäuferin geistesgegenwärtig hinter dem Schalter hervor und fragt Till, ob er ihr nicht mal sein Kaninchen vorstellen möchte. Beide lassen sich daraufhin vor dem Bollerwagen nieder, streicheln Wilfried, während Till ausführlich die tierischen Fress- und Schlafgewohnheiten seines Haustiers erklärt.

Merle sagt in ruhigem Ton: »Ich hatte damals einfach nicht das Gefühl, dass du Verantwortung für ein Kind übernehmen kannst, dass du dem gewachsen bist und vor allem, dass du es willst.«

»Ich wollte es auch nicht, aber wenn es nun mal passiert, kannst du doch nicht nur für dich entscheiden, wie du damit umgehst. Das ist doch eine Frage, die uns beide angeht. Mutter und Vater.«

»Ich war wahnsinnig verletzt, weil du mich wegen deiner Karriere sitzen gelassen hast. Und als ich wusste, dass wir ein Kind bekommen, war ich zu stolz, es dir ebenfalls zu gönnen.«

»Ich habe dich nicht sitzen gelassen. Wir hatten einfach nicht mehr dieselben Ziele.«

»Wie auch immer …«

»Und spätestens als du wusstest, dass du schwanger bist, hättest du mir doch Bescheid geben müssen.«

»Ich konnte nicht anders … Ich war total gekränkt, am Boden zerstört, hatte keine Ahnung, wie es weitergehen soll. Keinen Plan B, keine Kohle, keinen Job. Nix. Ich wusste nur, dass ich dieses Kind will und dass mein Sohn nicht so werden sollte wie du.«

»Er ist aber verdammt noch mal nicht nur dein Sohn, sondern auch meiner«, rufe ich energisch. »Fünf Jahre, Merle, fünf! Ich war bei seiner Geburt nicht dabei, habe nicht gesehen, wie er laufen lernt, habe keinen blassen Schimmer, wie sein erster Tag im Kindergarten war und wie er heute dort zurechtkommt. Weißt du, wie weh das tut?«

»Nein, das weiß ich nicht«, sagt Merle ernst und berührt meinen Arm. »Ich hätte nie gedacht, dass dir so etwas wichtig sein könnte. Ich habe mich getäuscht.«

Und dann erleben wir einen dieser großen Erkenntnismomente. Wir schauen uns tief in die Augen und wissen, dass wir gescheitert, aber gescheiter sind. Dass wir beide mit der härtesten Strafe gepeinigt werden, nämlich mit dem Konjunktiv, der uns immer wieder die letzten Jahre vor das innere Auge spult und gnadenlos fragt: Was wäre gewesen, wenn … Wir haben ein Stück Leben verpasst, das Glück ziehen lassen und Chancen vergeben. Als hätten wir den Hauptgewinn in der Lotterie gezogen, das Los aber nie eingelöst.

»Ich bin wirklich die dümmste Pute des Planeten«, sagt Merle auf einmal, »weil ich nicht wahrhaben wollte, dass sich Menschen ändern können.«

»Du bist nicht nur die dümmste Pute des Planeten, sondern des gesamten Universums.«

»Auch das. Was kann ich denn tun, damit du mir vergibst? Soll ich hier wie eine Pute durch die Halle laufen und gackern?«

»Das wäre schon mal ein Anfang. Und bitte leg dabei noch ein paar Eier ...«

Unvermittelt beugt Merle ihre Arme zu Flügeln, geht in die Hocke, macht eine Putenschnute und beginnt mehrfach hintereinander einen hohen, kehligen Laut von sich zu geben. Obwohl ich mich dagegen wehre, fliegt mir ein Lächeln über das Gesicht, auch Till und die Ticketverkäuferin drehen sich belustigt zu uns um.

»Bring mich nicht zum Lachen, Merle, ich will noch sauer auf dich sein«, sage ich mit einem Grinsen, während Till ebenfalls seine Trotzhaltung aufgibt und seiner Mutter versöhnlich in die Arme läuft.

»Fahren wir jetzt alle nach Nujork zu Phülüp?«, fragt er forsch, während Merle ihn noch immer an sich drückt.

»Nein, Spätzchen, wir bleiben hier. Du musst doch morgen wieder in den Kindergarten und ich zur Arbeit.«

»Also ich hätte nichts dagegen, wenn ihr zwei mich begleitet.« Ich könnte mich sofort mit dem Gedanken anfreunden, in New York zukünftig nicht mehr allein zu sein.

»Was sollen wir denn in New York? Unser Leben ist hier.«

»In New York bist du acht Stunden jünger, vergiss das nicht«, sage ich im Scherz.

»Stimmt, das wäre in der Tat ein klarer Standortvorteil. Für meine Jugend tue ich einfach alles.«

»Och, bütte, bütte, bütte, Mama, wir fahren alle zusammen nach Nujork, wir drei, bütte, bütte.«

»Till, das geht nicht. Außerdem haben wir Simon versprochen, heute Abend mit ihm zu feiern.«

»Feiern?«, frage ich interessiert. »War sein Termin heute im Jobcenter etwa erfolgreich?«

»Ach, das weißt du ja noch gar nicht. Simon wird der neue Bademeister bei uns im Freibad.«

»Echt? Aber dazu brauchst du doch mehr Qualifikationen als Seepferdchen und alle Baywatch-Folgen auf Blu-Ray.«

»Simon hat damals seinen Zivildienst beim DLRG gemacht, inklusive Rettungsscheine, sodass er jetzt nur noch ein paar Fortbildungen und ein Paar Badeshorts braucht. Gibt's aus Viskose, keine Sorge.«

Ich lache kurz auf und gleichzeitig gerät mein ganzes Lebenskonzept ins Wanken. Ist das hier gerade der Punkt, an dem ich mich entscheiden muss, was ich im Leben wirklich will? Was meine Zukunft ist? Wo ich hingehöre?

Ich schalte meinen Kopf aus, höre nur auf meinen Bauch und sage schließlich: »Kommt, gehen wir nach Hause.«

»Nichts da«, entgegnet Merle und vertreibt jeglichen Anflug von Sentimentalität. »Wir trinken jetzt einen Kaffee zusammen, dann gibst du deinen Mietwagen zurück, steigst später in den Flieger und bringst deinen Karrieretraum zu Ende. Und unsere neue Familiensituation verarbeiten wir besser in homöopathischen Dosen. Die letzten Tage waren doch schon turbulent genug für uns alle, oder etwa nicht?«

»Ja, das stimmt. Die volle Dröhnung.«

Merle fasst mich am Arm und sagt mit der ihr eigenen Selbstsicherheit: »Gib uns allen ein wenig Zeit, das Ganze zu verdauen. Wir skypen, wir besuchen uns, wir bleiben in Kontakt. Und wenn du 35 bist …«

»… wird der Job gekündigt und wir ziehen zusammen. Mit all den anderen Chaoten.«

»In die Lindenallee 4. Als Familie.«

Ich lächle. »Als Familie.«

Till jubelt vor Freude und drückt unsere Beine fest zusammen, sodass Merle und ich uns unverhofft in den Armen liegen. Es fühlt sich toll an. Wie etwas, von dem ich vergessen habe, wie es ist. Mein Grau verschwindet, das Licht ist anders, die Farben werden stärker. Merle und ich haben endlich einen Zukunftsplan, einen gemeinsamen. Das müssen wir besiegeln. Wir küssen uns, minutenlang. Es war längst überfällig.

Danksagung

Schönen, schönsten und allerschönsten Dank an alle, die dazu beigetragen haben, dass die vorliegende Geschichte den Weg in den Reader bzw. zwischen zwei Buchdeckel gefunden hat. Allen Inspirationsgebern und Wegbereitern, Rückenstärkern und Seelenstreichlern, Freunden und Kollegen: Euch gilt mein Dank. Doris, Vanessa, Lisa, Hendrikje und Ben im Besonderen. Ebenso Eliane Wurzer vom Piper Verlag, der Agentur Rumler und Birgit Förster für das Möglichmachen dieses Buches in jeder Hinsicht. Und natürlich meiner ganz persönlichen Familienbande, denn ohne euch würde es dieses Buch nicht geben. Keine Sorge, ihr seid ganz und gar nicht wie die Heitmanns, alle Figuren sind frei erfunden, aber ein gesundes Maß an Verrücktheit wird euch dennoch jeder Arzt diagnostizieren. Ein Hoch auf Macken und Spleens. Nur Nullen haben keine Ecken.